〔丹麦〕彭托皮丹 ◎ 著

尹　苑 ◎ 译

天　国

海峡出版发行集团 海峡文艺出版社
THE STRAITS PUBLISHING & DISTRIBUTING GROUP | Haixia Literature & Art Publishing House

图书在版编目(CIP)数据

天国/(丹)彭托皮丹著;尹苑译. —福州:海峡文艺出版社,2017.8(2023.9重印)

(诺贝尔文学奖大系)

ISBN 978-7-5550-1162-0

Ⅰ.①天… Ⅱ.①彭…②尹… Ⅲ.①长篇小说－丹麦－现代

Ⅳ.①I534.45

中国版本图书馆 CIP 数据核字(2017)第 144587 号

诺贝尔文学奖大系

天国

[丹麦]彭托皮丹　著　尹苑　译

责任编辑	李永远	
出版发行	海峡文艺出版社	
经　　销	福建新华发行(集团)有限责任公司	
社　　址	福州市东水路 76 号 14 层	
发 行 部	0591－87536797	
印　　刷	福州俊丰彩印有限公司	
地　　址	福州市晋安区鼓山镇鼓一村福光路 189 号	
开　　本	889 毫米×1194 毫米　1/32	
字　　数	147 千字	
印　　张	6.5	
版　　次	2017 年 8 月第 1 版	
印　　次	2023 年 9 月第 3 次印刷	
书　　号	ISBN 978-7-5550-1162-0	
定　　价	39.00 元	

如发现印装质量问题,请寄承印厂调换

颁奖辞

（由于第一次世界大战的爆发，瑞典学院的颁奖典礼没有举行，所以没有颁奖辞。）

致答辞

（由于第一次世界大战的爆发，瑞典学院的颁奖典礼没有举行，所以没有彭托皮丹的致答辞。）

目 录

天　国

卷 一

1

在未尔必北部一望无际的田野上，有一个身材高大的男人正跟在犁后面来来回回地耕地。这男人很年轻，身上穿着一件打满了补丁的粗布麻衣，手上戴着一副红色绒布做的手套，脚上穿着一双笨重的威灵顿长靴。那靴子上有一个圆形的环扣，拉在他的裤子上，让膝盖部分鼓鼓的，就像个袋子一样。他头上戴着已经褪色的海狸皮帽子，他的头发很长，垂在衣领上，发色因为风吹日晒，已经逐渐变成了灰白色。他的胸前飘着一大把浅淡的胡须，有时会被风吹到肩头。这男人的脸很瘦，有着饱满的额头和一双明亮和善的大眼睛。

他头顶上方的天空，此刻正盘旋着一群罗伊斯顿鸟，偶尔会有一些鸟儿忽然飞下来落在他刚犁好的田地上低头啄食，只有当他拉住缰绳示意前方那头愚笨又迟钝的马匹快点前行的时候，这些鸟儿才会腾地飞起来向一边躲闪。

他就是未尔必和斯奇倍莱教区的牧师，在他所在的教区里，大家都称呼他为埃曼纽尔。不过这个地方有一些人心怀鬼胎，不怎么友好，他们称他为"现代使徒"。

　　尽管他穿得非常寒酸，没有打理的头发和胡须也显得十分随便，然而不难察觉的是，他不单单是农民那么简单。与普通农民比起来，他的身子骨柔弱得多。他的双臂看上去过于歪斜，一点也不像在地里干重活的农民。他那双手确确实实因为操劳而变得肿胀红紫，不过那粗大且突出的感觉还是跟那些常年在地里劳作的农民的手不一样。他的肤色也跟一般的农民不一样，一般农民的肤色千人一面，像皮革一样黝黑，而他脸上有一些雀斑，神采飞扬。

　　现在正是三月初的严寒时节，早上依然清冷而潮湿。一片白茫茫的雾气笼罩着大地，时不时有阵阵西风吹过，白雾渐渐飘散在地上。有的时候那又浓又密的灰色雾气会弥漫整个平原。田地上因为雾气使人无法看到另一边土地。忽然，西风把雾气吹散，犁沟上最后只剩下一层淡淡的薄雾。有的时候一两道苍白惨淡的太阳光会穿过乌云，覆盖在黢黑的土地上。

　　在太阳的照耀之下，在田原高处的埃曼纽尔牧师的个人田地那儿，人们可以看清教区全貌：教区从远处菲尔德河畔的教堂延伸出来，在雾气笼罩之下，教堂看上去就像苍白的幽灵。在更靠近一些的地方，在两座山之间的位置，依稀能够看到水汽湿润下的菲尔德河的真面目。西面是斯奇倍莱三座山峰，山脊上有一个非常醒目的红点，那是新建成的会议厅的红墙。

　　这时埃曼纽尔正沉浸在自己的世界里专心思考，一点也没有注意到四周景色的变化。他让马匹停下来休息，自己则目光游离不定，三心二意地看着四周，不过他依旧没有留意周围景色有什么不同。他走过这些高低起伏的山地已经足足有七年的光阴了。这个地方的每一处细节他都无比熟悉，而且也觉得看着顺眼，因此即使耀眼的太阳光隐退，忽然落下暴雨，他依然不会觉得这片土地有什么不同。快到中午的时候，他的思绪忽然被一阵声音打断，听那声音感觉是一个年轻人，正顺着田间小路向他走来。

最先出现在他眼前的是一个四五岁的胖姑娘，她正用绳子跨过自己的肩膀，拖着身后的一个老式婴儿车。那婴儿车里睡着一个婴儿，因为轮子深陷在泥土里，小姑娘不得不使劲拉。她的帽子一不小心滑下，头发被风儿扬起，每隔一会儿她就不得不放下绳子，好让自己可以拉起不停地向木靴子里脱落的红袜子。她的身后还有一个年龄很小的男孩子在帮忙推车，那男孩戴着一顶毛绒帽子，帽子的两边向下系成一个结儿，把耳朵遮住，同时一块棉絮放在帽檐边上，几乎遮住了他半张小脸儿。

他们的身后是一个身材苗条的年轻女子。她的步伐稍慢，紧跟在孩子们的后面，头上扎着一块花头巾，头巾的边角被风吹得扬起。她一边走一边哼着小调，偶尔也会大声唱出来，但是她的眼睛一直专注于手中的编织活儿，并没有看前方。

这三个孩子是埃曼纽尔的儿女，而那编织东西的妇人是埃曼纽尔的妻子，名叫汉姗。当四人就要走到埃曼纽尔耕作的田地上时，小男孩忽然不再推车，在一边的石块上停下休息。他坐的方位刚好可以看到爸爸，此刻埃曼纽尔恰巧在田地那边换了方向朝他们这边开始犁地。因为天气很冷，大家的脸都已经冻得青紫，鼻涕不停地流下。汉姗和孩子们坐在石头上，他们脚上穿着磨损得很厉害的木制靴子，身上穿的衣服也打了很多补丁，这副打扮就像是村子里衣衫褴褛的乞丐一样。那些住在高大华丽的牧师公馆的人肯定不会是这副落魄的模样，他们那些人住的房子有红色的房顶，比一般农民的石板房房顶要高很多，而且房子两边栽着白杨树。

埃曼纽尔在远方就开始向他们招手，他挥动着那顶海狸帽，走到田地的尽头时，他拉住鼻子正呼着热气的马儿，喊道：

"汉姗，来这里有什么事吗？"

汉姗依旧站在路边，婴儿车里的小宝贝因为车子停止走动而无法安静，她用一只脚来回晃动着车子。

汉姗一边数着手里正在编织的织物用了多少针数，一边用那单纯活泼的农家女子的语气回答道：

"我没有什么事。啊，对了，织工找过你的，他说有些事情要告诉你。"

"那是自然的，"埃曼纽尔一边回头看看自己已经犁好的田地，一边看着自己的劳动成果说道，"他有什么事？"

"嗯，他并没有告诉我具体是什么事情。我现在来这儿就是告诉你三点钟的时候你得去教区参加集会。"

"哦，我猜那可能跟贫困救济的事情有关了。"他回答妻子道，"也有可能是有关教区委员会的事情。他真的一点儿也没有提到具体的情况吗？"

"真没有，他没说什么，他就来了一下子，见你不在，就离开了。"

"嗯，是的，他的性格就是这样古怪。哎呀，汉姗！"他忽然停了下来，用一种截然不同的语调说道，"你还记不记得，我以前在农耕报上看到过一种新式的施肥方法，我记得当时看了以后还跟你说过的。这法子我越想就越觉得喜欢。将新鲜的肥料撒在土里，并且立刻犁地把肥料翻进土壤里面。与那种把肥料一堆堆地放在一起，让肥料的效果慢慢蒸发，而且空气里始终弥漫着一股臭味的方法比起来，这样不是更符合自然规律吗？你觉得呢？你还有印象吗？按照报纸上讲的，用老的施肥方法，在田地的收益上每年大概会损失掉三百万。我不懂为何之前没有人想过这么简单的新式方法。我觉得这些堆粪的老式法子完全是农奴制度的产物，农民们在料理自己的事情之前，不得不时刻准备着侍奉他们的主子，因此他们只能将自己的事情一日复一日地向后推迟，并将这些粪堆一堆一堆地累积起来，直到最后有时间了才会处理一下，久而久之，他们就忘了为什么堆积这些粪料了。所以到现在农民们居然觉得堆放肥料是一件特别重要的事情。总而言之，这些散发着臭味的肥料，跟现在那些我们想要解放的腐朽之物一样，都是农奴制度的产物。啊，汉姗，这个年代让我们活在灿烂光辉之中！我们要做一个文明教化的见证人，不管大事小事都是这样，我要看着那些让人醒悟的真理和正义的思想，是如何一步步地解放奴役的牵绊和束缚，这是多么快乐和灿烂的年代啊！"

汉姗一边抽出一枚针，一边露出一个心不在焉的笑容。她知道现在任何一个新思想都会点燃丈夫心里的激情，她早就习惯了安安静静地听丈夫用一种纯正农夫的模样说他心里的宏图大志。埃曼纽尔拿出一块银色的手表，放在耳边听了下，接着看看时间，说道："差不多了，该把马轭犁具给拆下了。"

"雷蒂啊，你可不可以过来帮帮爸爸啊？"

那小男孩依旧靠在他妹妹身上，依旧坐在那个石块上。他正全神贯注地盯着几只乌鸦忽然扑在那片刚刚犁好的土地上，没有听见他爸爸的呼喊。他一动不动地坐在石头上，覆盖着棉絮的那只耳朵被他一只手托着，他的脸上浮现出一种不符合孩子的神情，那是大人在遇到困难时的庄重与严肃。以他的年纪来说他是有点儿小，尽管他比妹妹要大一岁，反而他的身体却看上去瘦小，他妹妹的体格却十分强壮有力，脸颊很有光泽，眼瞳中散发着农村小孩特有的一股灵活气质。而他则像埃曼纽尔的影子。他拥有跟父亲一样高挺、饱含着智慧的额头，一样温和的神色，他同样继承了父亲那柔软、卷曲得像波浪一样的褐色头发，和在日光下看上去澄澈透明、炯炯有神的大眼。

"儿子呀，你没有听见吗？爸爸在呼唤你啊。"见雷蒂没有反应，汉姗便提醒道。

听见妈妈跟自己说话，他才将他的小手从耳朵上放下来，脸上勉强露出一个淡淡的微笑，他这副样子引起了汉姗的注意。

她小心问道："宝贝，你的耳朵很痛吗？"

"不痛，一点儿也不痛，"他连忙解释，"真的一丁点儿也不痛。"

埃曼纽尔又在田上叫喊："雷蒂，你过不过来呀？"

雷蒂马上起身，踏着大步跨过前方一条条沟壑，走向拖着犁的马儿，开始替它们解下束缚的缰绳。他的动作就像马车夫一样一丝不苟，小心翼翼。

雷蒂是埃曼纽尔的心头肉，是让村庄里所有村民都觉得自豪的宠儿，一方面是因为他的外表不像寻常农家的孩子，另一方面则是因为他的脾气特别好。他是以汉姗的爸爸安得士·哲根来取的名字，不过在家里和村子里大家都叫他"雷蒂"，这个名字是他出生的时候埃曼纽尔为他拟定的，众人也都非常喜欢呼唤他为雷蒂，因此在洗礼时，神父为他取的正式名字反而被大家遗忘了。

看到遮住了他一只耳朵的棉絮，埃曼纽尔问他：

"哎呀，儿子，你怎么了，是不是耳朵的老毛病又来了？"

"嗯，是有一点点。"小男孩用一种温和的口气应答道，语气中似乎有些害羞。

"耳朵的毛病确实很讨厌，但是情况也没有太严重，对吧？"

"是没那么严重，都已经好得差不多了，我自己觉得这并不是什么大问题。"

"儿子，好样的。你得做一个坚强并且有胆量的少年，不能因为一点绿豆大的事情就一惊一乍的。告诉你，弱者在当今世上是绝对不会有好生活的，你应该明白吧？"

"我明白的。"

"好的，你得明白，今天下午咱俩必须到达磨坊。所以你可没有时间再生病了。"

汉姗手上的针织活儿比刚才更快了，当听到两人的对话结束后，她说道："埃曼纽尔，雷蒂今天最好还是待在家中休养。他上午一直不舒服。"

"没错，不过呢，你听见他刚刚说的他耳朵的毛病已经好得差不多了吗？并且我觉得新鲜的空气对他而言很有好处。俗话说得好，新鲜的空气是万能的良药……雷蒂一直闷闷不乐地待在家里，哪也不去，时间久了他的脸色会变得苍白。事情八九不离十便是如此！"

"埃曼纽尔，我还是觉得假如我们对雷蒂小心一些的话情况也不会这样糟糕。我真希望你能下定决心去找医生说一下雷蒂的情况。他的耳朵疼痛的问题已经拖延将近两年的时间了，一直这样下去怎么行呢。"

埃曼纽尔并未马上回答，两人以前经常谈论这件事情的。

"嗯，这是肯定的，汉姗……如果你真的希望这样，我一定不会反对。不过你要明白，我不太相信医生，而且你也知道我并不喜欢哈辛医生。再说了，耳朵痛对一个小孩来说并不是什么大毛病，只要你给他足够的时间，慢慢休养，自然就会痊愈的，就连你母亲也是这样认为的，她的生活经验多么丰富啊。雷蒂，把缰绳扯住了！"他继续说，"每个人身上总有大大小小的毛病，每次都马上请大夫来看病，你觉得有这个必要吗？万能的主怎么会给人类这么多的残缺呢？马仁·奈连在思材因岛上向格瑞特要了一些药油，我们也有一些，那种药油对于治疗耳朵痛的毛病还是有一定的疗效的。不管怎样，如果确实出现问题再商量吧，我们不能因为这点事情小题大做，最后弄得茶饭不思，好吗？行啦，孩子，来这儿！"说完，他双手握住雷蒂腋下，将他提起来放到离自己较近的马背上。

汉姗沉默无语。在和孩子有关的事情上，争论到最后，发话的而且占优势的往往是埃曼纽尔。他的理由和意见很多，最主要的是他口才极好，非常善于表达自己的看法。因此，就算汉姗不认同他的意见，在他连绵不绝的辩论下汉姗也总是无话可说。

这家人慢悠悠地朝村里走去，身后那跟羊毛一样柔软的薄雾重新汇聚，萦绕在原野上。

雷蒂骑着马儿同另外一匹马行走在前面，埃曼纽尔和婴儿车跟在他的后面。埃曼纽尔一只手推着那辆小小的婴儿车，肩头上一边驮着女儿希果丽。希果丽的小名叫作甜饼，她摘下埃曼纽尔的帽子晃来晃去，开心地逗着婴儿，而小婴儿也在婴儿车中咿咿呀呀地回应着希果丽。

汉姗则走在后面，同他们稍微保持着一小段距离，手里依旧在忙着编织。

她的身材和少女时代一样美好、苗条，她踏着坚定不移的步子向前走着。不过，她的肤色已经变得黝黑，看上去多多少少有了几分沧桑。她现在变得喜欢沉思，因此脸上时常流露出忧郁的神色。不过结婚的这七年时光和生养三个儿女的经历一点也没有影响到她少女时代的年轻和美貌。她的脸颊看上去很瘦，神情庄严的眼眸看上去有点深陷。不过她依旧算是位十分漂亮的女人，按照农夫们的标准来看，她这二十五年的时光一直享有不一般的美好名声，因此在斯奇倍莱，她出生的地方，大家都为她感到非常的自豪和骄傲。但是也有少数人不喜欢她这种小心谨慎、冷淡漠然的性子，他们觉得她性格傲慢。不过对于埃曼纽尔在一次聚会中与她相识进而恋爱结婚，大家都在心里为她感到惋惜。

埃曼纽尔和家人经过牧师公馆那拱形的门前时，工人尼尔思正坐在抽水泵下的大水槽边认真阅读着摆在他膝盖上的人民新闻报。他有着一头黑发，二十上下的年龄，中等个子，肩膀方正而宽厚，鼻头朝上，脸色红润，胡子才长出来。

在阿奇迪康·田内绅的岁月，这个大院子一向都是井然有序、安宁静谧的模样。这幅光景与它的主楼教堂是十分相配的。然而如今看上去同别的村子的院子并未有什么区别。各种各样的工具和一捆捆的草堆杂乱无章地放在地上。几扇门都没有关闭，牲口都等待着作为午餐的干草，还时不时发出阵阵的嗡鸣声，这些画面都能瞧得出这里的人们工作的繁忙和急乱。在那条凸凹不平的小道上，到处是洒落的腌渍鱼用的盐水，几乎就要将路上的杂草给咸死。酿酒屋外有几只鸡在一片厨房用具上低头啄食。

"尼尔思，你这样专注，究竟在看什么呀？报纸上可有最新消息吗？"埃曼纽尔一边问一边将希果丽放下，接着又将雷蒂从马背上给抱下来。

尼尔思将报纸放下来抬起头看了看他，露出一个非常爽朗的笑容。

"啊，是我们的哲学家呀，你又来战斗吗？今天你又会将矛头对准哪位呢？""好了，尼尔思，让我看一看！"埃曼纽尔说着，一边把马具给拆下来。

那个男人将报纸递给他，他便开始看起来，而雷蒂则将马儿带到水槽那边让它们饮水。

"你写的文章在哪儿呢？噢，找到了，《中学与道德责任》。说得很对，文章的开头写得不错……实在是不错……写得太好了，真的！这些话你说得有道理。哎呀，尼尔思，你一点儿也不胆怯嘛！"

那个坐在水槽角落的男人此刻一动不动地盯着他主人面部表情的变化。每当埃曼纽尔表示赞同或者表示赞扬的时候，他那深陷的眼窝里，那对小小的黑色眼珠就会马上亮起来。

"这篇文章会让你声名远扬的，"埃曼纽尔最后这样说着，面带微笑地将报纸递给他，"你将会成为一个非常出色的作家，非常棒，很不错，但是我的朋友，千万不要让自己沉浸在墨水的世界里而无法自拔啊。你要知道，有时候这墨水也会成为致命毒药。"

他正说着，忽然汉姆从花园小道走来，打断了他们的对话，汉姆正站在台阶上头，喊他们到屋里进餐。

"孩子呀，咱们必须加快步伐了，将马牵进去。"埃曼纽尔同雷蒂说。

"对了，尼尔思，麻烦你跑跑腿让赛仁回来吃饭，他现在还在田里拔萝卜。"

2

大约是下午三点钟，在教区会议主席坚生的家中，一个沉默的男子坐在过去十分有名望的会议厅的窗户边上。那个男人又高又瘦，脸色苍白，穿着一件用粗糙的手工编织的黑布做的衣裳，衣领很高，袖子很窄。他的外套上缝着一个黑色钱袋，这种钱包款式十分老旧，如今已经很难见到了。他的袖子用赛璐珞制的扣子紧紧扣着，好像要将血液全部往他那对庞大的手掌上挤压。

他向前弯曲，将臂膀放在两腿之上，手则放在膝盖里。他的头颅看上去有点平，与身材相比显得非常小。他的头发跟胡子都是灰红的颜色。脸上的那些雀斑看起来似乎像已经扭曲变形了一般。

这男人一动不动地坐着，眼睛半睁半闭，神色迷茫，怔怔地看着前方，这副模样让人觉得更加怪异，而房间里的那一缕穿过布满湿气的玻璃窗户洒进来的灰暗宁静的阳光，更加深了这种印象。平平的头颅，变形的嘴，还有那浮肿的眼球，让他看上去好似一只全神戒备的猫，从原始丛林的洞穴中向外观察，盯着前方无边无际的草原。

这个男人便是织工韩森。

这个大厅在过去是非常有名的，有不少隆重的宴会都在这里举办，而这些年的情况完全变样了。擦得光亮的桃花心木的椅子一如既往地靠在墙边摆成一排，镶着镜子的柜子上，两个身穿褶皱衣裳的牧羊女石雕像中间摆放着一个镀金的钟。那口大钟发出像贵族一样高雅的嘀嗒声。不过，窗户和窗户之间的地方以前放着牌桌，兽医爱格勒勒，鞋匠维林，超过八十岁高龄的老校长莫天生（现在已经离开了人世），和他们的主人曾在这里打牌、喝酒，共度过无数个开心的夜晚。而现在这个地方则摆放着铺满纸张的巨大的写字桌。另一边墙上放着几个书架，里面塞满了账本、登记本，还有一堆堆报纸，这副样子让房间看上去就像个规规矩矩的办公室。

实际上它确实变成了办公场所，而坚生本人也在慢慢变化。

农民阶层的启蒙觉悟所引发的政治动乱，与这些年全国上下发生的暴动，最终将他那混沌的良知给唤醒了。他积极努力地为阶级的独立和自主而战斗。因为他是这个教区最有钱的农民，而且比一般的农民更大方，所以他在短短的时间内就成了地方上极其重要的人物。此外他天生就具备从事公共事务和政治事业的才能，他拥有"能言善辩的绝佳口才"，因此最终慢慢让自己活跃起来，地位也随之抬高，现在已是地方上大家都认同的政治领军人物。他的名字经常出现在报纸上，他被称作"未尔必的汉斯·坚生，一位深得民心的农民运动领军人物"。

当然，如果当初没有那些在教区会众里撺掇反叛的人们支持，他也不可能获得领袖地位，而撺掇者就是织工韩森。有几个人最初注意到坚生突然崛起，一度担心过这位坚强的织工韩森因为被大家忽视，被失礼对待，会觉得不甘心，不会善罢甘休的，然而这次让大家感到非常惊讶的是，这位织工居然用一种非同一般的平常心接受了坚生成为领袖的事实。而让大家觉得吃惊的远不止这些，因为之后大家察觉到，帮着坚生去做公共事务，参与政治斗争的，居然是织工本人。他曾非常郑重地同坚生说：在他独立自主的前提下，这一届的会员老毕谢普离职之后，他对选区的全部选民有提供服务的义务。

危险已经过去，"人民主义"的获胜，看上去似乎是因为织工在让别人分享他多年辛苦劳动所获得的奖励和荣耀。他这般的大公无私让会众成员对他感到既惊喜又佩服。不过之后他越发地变得沉默，不爱说话了，甚至连群众为了感谢他的贡献而为他举办的小型宴会他都婉言谢绝。他只做一些经常由老兵们承担的轻松职务。他甘当信使，帮助各类委员会处理账本和通信方面的事情。他同时也做好了在会众里的侦查工作，甚至比过去更加小心谨慎，他会时不时面带扭曲的笑容，突然出现在大家最不愿意见到他的地方。

所有被召集的会员全部到来时，已经快三点半了，这些人组成了所谓的"选举委员会"。委员会一共有六个成员，成员由教区的会众选出，他们的责任便是守护会众的政治利益，安排选举的集会活动，督促演说者到时间就下台，管理选举者的名册，以及处理同其他重要民主团体的来往事务。

大家全部来齐了以后，坚生从隔壁的房间里走了过来。他穿着一件寻常的白色衣服，外面套着一件青苹果色的绒布厚背心，戴着一条金链子和一块僵硬的前遮布。因为中午午睡，前遮布有些凸起。他走上前去和大家一一握手，一边说："午安，欢迎光临。"大家在坚生的邀请之下，围着屋里的一张椭圆桌子坐下。大家好像都怀揣着一种不一般的庄严情绪。有几位会员在坚生进来之前问过织工这次集会的内容。织工回答得非常含糊，于是他们推测这次集会应该很重要。

房子的东道主同时也是委员会的领袖，就坐在桌子的主位上。他身材魁梧，一头卷曲的头发，下巴梳理得非常光洁，看上去很是威严。他那长长的塌鼻子一直都是紫色的，他的脸是红色的，这些让大家想到那让人烦恼的过往。不过有得必有失，由于他的心态、举止和他为人处世的方式，使得他看上去平易近人、和蔼可亲。这些很符合大众服务生涯中常见的作风和态度，因此他与大家的相处很融洽。

埃曼纽尔位于主席的右边，此刻他已经换下工作装穿上了一件轻便的灰色外套。他旁边是一个身材矮胖的未尔必农民，眉毛又浓又密，脸又圆又胖。主席的左边坐着两个很年轻的金发斯奇倍莱农民，还有身材高大的木匠尼尔生。他蓄着海盗胡子，这几年一直没怎么剪，已经快齐腰了。坐在桌子角落的则是担任秘书职责的织工。

"好了，现在大家已经全部来了，"主席开口说道，调子中带着明察秋毫的味道，眼睛一一看着众人，"各位好友，我们有个极其重要的事情要宣布……是的，韩森你来说吧！"

最后的那句话是同织工说的，只见织工从身后的口袋中拿出一大摞文件，万分小心地打开，接着便用一种缓慢、单一的语调，宣读文件内容：

绝密要件。

我们从党的领导人那儿接到了命令，要求我们各民主委员会讨论一下这段时间报刊上刊登的那些使人人心惶惶的政治谣言。考虑到时间的紧迫性和这件事情的重要程度，我们觉得应该早一点将这个消息告诉当地委员会，让他们注意。这消息主要说，在上下议院中，政府和保守党派之间大概在酝酿着一场阴谋，谋划人将会让每一位热爱自由的人觉得愤怒和焦躁。当然了，实际情况是怎样的我们也还无法确定，因为他们的谈判一直是很隐秘地进行，不过也并不是找不到任何线索，在议院的辩论中，部长们甚至连一点小事也不愿意做丝毫的让步，从这一点来看，情况真的有些不寻常。假如再考虑其他有意义的事情，那么这场阴谋似乎也有可能发生，政府的确在跟保守党联手反对"人民"。它不顾人民的意愿，独断地取消人民的参政权利，以此对抗影响力日益增大的农民。对于这种本末倒置的做法，我们国家每一位热爱自由的人，都明白该如何去判断是非。

所以，我们让各委员会聚集起来，发出一个强有力的通告，来表达坚决不变的人民意愿，我们要倾尽全力同当权者的武断措施抗争、周旋，用行动表示对我党议员的拥护。至于这件事要如何解决，我们留给各位委员自己来决定，不过，按照国会中一些人的想法，我们觉得要给党员一些机会，让他通过决议案，在争取民权和自由之战中不断支持着我党的议员们。

对每个委员会我们都发出了这样恳求的文件，希望如此慎重的声明，这份来自全国上下、全体人民的民意，对我们的反对者会有警示作用，能够让他们的神志清醒，尽早放弃邪恶的想法。

正义和自由万岁！人民最爱的人！永远不会被忘记，我们一直在悼念的宪法赐予者故菲烈王！他在大家的记忆中永垂不朽！

P·V·B——倡导者约翰生

这份文件的内容引起了参会者很大的骚动。甚至于做出结论以前，埃曼纽尔的脸色就变得苍白，他激动地说：

"但那是叛乱呀！那简直就是叛国罪！"

"没错，这一点你说得对。一个内心诚实又正直的人不会否认的。"坚生插嘴说道。接着他挥了挥手，并提高音量让大家都能听到他发言："不过，各位朋友在这里表达你们严正的态度，这表明大家是对的。他们只不过把争名夺利作为唯一的目标，甚至为了达到目的而不顾国家的福利和前途。这样的人绝不会是我们的朋友，他们是国家的敌人！"

"听我说，听我说。"木匠的声音自胡须深处发出，好似一个沉闷的回音。

"绝对不……丹麦的百姓绝对不会忍受这般的羞耻！"埃曼纽尔激动得无法控制，"我建议今天夜里就召集全部的党员，让大家清楚面临着危险的事情。我们不能浪费时间。我们必须万众一心地团结起来同它对抗，表示我们要倾尽全力地守护我们的声誉和权益。"

"埃曼纽尔，不要过于激动。"主席将手放在埃曼纽尔的手臂上表示安抚，"首先我们应当小心，不能做太过分的事情！想让政治之路走得更远，最主要的是必须冷静！我们不能忘记，现在我们并不确定任何事，有一句俗话说得好，还未看见熊就没有必要举枪。所以说我们不能草率行事。"

"我怀疑的是那些消息也许不是什么大事，可能是谣传，是政府的人传播出来恐吓我们的，也有可能是个小的试探，用来观察民意，研究民情的！大家必须记得，政府里有不少类似的事情就是这样处理的！"主席一边说一边指手画脚。

"首先大家应当研究我们的敌人用了什么策略。各位友人，不要忘了这件事！"

"假如这些谣言是真的呢？如果他们真的让国会变成他们的地盘，用权势镇压公理和正义，那该怎么办？我们该如何是好？"

主席认真地看了埃曼纽尔片刻，接着将手重重地朝桌子上一拍，以一种十分自信的语气冷静地说：

"如果事情真的是这样，希望上帝不要让这样的事情出现，否则国家的三十万百姓将奋力反抗。宣言说道：'他们已经做够了！谁将成为主人，是你们还是我们自己，我们必须为了这个问题而奉献牺牲，奋战到最后。'我说得有道理吗？"

主席说完后，转身面向那些来自斯奇倍莱的农民，他们在大声地说："好啊，有道理。"而那个又矮又胖的未尔必农民则是点头表示赞同。

"我建议下周我们举行一次集会，到那时我愿意负责同会议上的人们说清楚我们目前的情况，接着将提出拟定好的方案。我们要将这个事情保密，免得过于张扬，甚至让没有必要的党知道了。尊敬的上级委员会明显觉得事情应当这样做。我毫不怀疑，我们的敌人在经过我们的各个集会，听见人民的心愿之后，对发动下一次交战就不再有兴趣了。我的友人，你们是否同意？"

四位会员表示同意，而埃曼纽尔被他们的勇敢和大无畏精神所感动，最后终于平静下来。他不喜欢探讨政治方面的事情，实际上，政治会议选他为委员，是因为他在别的地方有着突出的贡献。他对国会中的争议或者报纸上的信息不怎么感兴趣，更别说对主席和其他委员口中津津乐道的"战略""战术"等有兴趣了。

埃曼纽尔绝对不会让自己猜疑正义的阵营。像诗中讲述的，在"上帝选中的合适的日子会取得胜利"，对于那些让时间提前或者推迟的主意，就算是最聪明、最巧妙的，他也认为不会成功。

在一个斯奇倍莱农民的提议下，大家决定到时候邀请两位嘉宾讲话，让集会显得更加隆重。有一段时间，他们甚至在思索要请一位比委员更重要的人物：老毕谢普。但是这段时间在乱成一团的关于政治暴乱的争论之中，大家看见他那天鹅绒袍子和外交家的外衣下，依旧穿着他年少时穿的加里波底的红色罩衫，到现在他不再轻信别人的言语，在两党的位置中他选择了阿基米德式的中立态度。因此对于这个没有结果的计划大家马上就放弃了。他们觉得能够劝说另外几个民主党派的人出席下一次集会，并马上写信向总部汇报。主席提议可以用他的马车去车站迎接特别邀约的宾客，并招呼他们用餐。这个计划赢得众人的赞同。

集会的时间定下来了，韩森做好会议记录，紧接着主席就宣布这次会议结束了。

"好了，这件麻烦事总算解决了，"主席站起身，高兴地说，"各位，开了这么久的会，我想大家该吃点什么了。"

他指的是"小型宴会聚餐"，聚餐在这个房间里一直是不会缺少的，此刻隔壁房屋内已经准备好了。一位身材肥胖的农家女人将房门打开，她是主席家的管家，戴着一顶绣着金线的帽子，长着鹰钩鼻，有着厚厚的三层下巴。

那桌宴席和过去一样的摆设布置，灯光照耀下，美食丰富而精致。黄色的灯光与夕阳的光辉交相辉映。在斑斓变化的光辉中，满桌的宴席就更显得特别地让人垂涎欲滴。会开了这么久，大家早就已经饿得不行了，此刻大家的胃口特别好，于是大家便匆匆地入席就座。

甚至连埃曼纽尔也放松下来，心情愉悦。他一个接一个地看着这群肩膀宽厚的农民，虽然他们的未来遭遇到威胁，却能平平静静地、安之若素地坐着，对自己的权益一点也不担心。对这群一向用一种永远平静的心态面对命运的人们，他忍不住生出一股仰慕之情。

他甚至不会看见他们有片刻失去沉着冷静。就算是在命运最无情的打击下，他们还是保持着一种对身心有利的安静，一种他自己不容易做到的那种男人的自我克制。

一顿狼吞虎咽、风卷残云，杯盘很快就一扫而空。而新做好的菜又一盘接一盘由希施送进来。女管家希施自打坚生的夫人去世后就在这儿帮忙处理家务。织工一直暗地里关注着这个女仆，在餐宴之上织工几乎没有说话，任由食品和饮品放在桌上，他几乎没有吃什么。他旁边的人要给他斟上白兰地，他用手盖住酒杯口，露出一个诡异的笑容。最近他成了一个一滴酒也不喝的戒酒男人，无论坚生如何开玩笑，捉弄他，他也不肯违背戒酒的誓言而喝上一口，就连在庆祝的时候也是这样。

但埃曼纽尔就不一样了，在这种场合中他像以前一样，跟其他人一块儿喝酒干杯，喝得很畅快。并不是说他喜欢喝酒，只是同这些人在一起他不想显得自己特立独行而已。在这样的氛围中，他甚至可以跟得上未尔必农民的习惯，同时内心确实感觉轻松自在，这些年他们已经比往些年温和节制得多了。总的来说，他已经习惯了很多农民的作风和习惯。有的时候他心里明白，有的时候则是无意识的。甚至他本来不喜欢抽烟，现在也开始抽烟了。此刻餐饮已经结束一阵子，上了咖啡，坚生为大家分发雪茄。接着他从口袋中拿出一个木头做的烟斗，取出一包常备着的"混合烟丝"，装满一斗烟丝后就开始抽烟。

织工忽然起身，说他晚上有个约会，必须先走，他一一同大家握手，接着穿过厨房离开。

出去之后，他又在过道中停留了片刻，他的头偏向一侧，从他那半闭半睁的眼中散发出的咄咄光芒扫视着女管家，使得这个肥胖的女人吓得全身发抖。

"嗨，上帝！韩森，你为何如此盯着我呢？"她说着，几乎带着哭腔，惊恐之中她拿着抹布挡住自己的脸。

织工静静地戴好帽子，沉默地离开了。

屋外漆黑一片，风已经停了，周围显得异常安静。大片的雪花在空中飞散，一落到地上就融化了。织工的手背在身后，沿着荒凉寂静的路翻越山丘回到斯奇倍莱的家中。这个时候雪越下越大，接着开始下起了濛濛小雨。他的脸上时不时露出一丝丝笑容，红通通的眼眶中流露出那种只有在他每次私下里反复思考活动安排、作战计划时眼中才会流露出的神色。

3

漆黑的夜色中，大雨倾盆而下，埃曼纽尔偕同一个客人，终于到了牧师公馆，走上通往前门的阶梯。

在那华丽无比的门廊中，燃烧着一盏简陋的马厩提灯。过去曾有一段时间，门廊上桃花心木做成的挂钉上常常挂着阿奇迪康·田内绅的熊皮大衣和兰熹儿小姐去花园浇灌花草时用的帽子，看上去十分赏心悦目。在那儿，在黑白相间铺着的大理石道路上，以前常常铺着整齐漂亮的席子。而现在那些桃花木做成的挂钉上挂满了各种各样的普通男帽和女士用来装饰头发的色彩亮丽的工具。地上则堆放着各种各样的脏靴子，从种田农民穿的大型木靴，到女士穿的小木靴，五花八门。大的靴子，带子上绕着铁丝，里面装着干草，样子笨拙而丑陋。小的靴子，内部衬着红色法兰绒做的皮质脚趾套洞。客人们一星期参加两到三次集会，在他们工作之余，喜欢来这儿聊天散心、阅读报纸书刊和唱歌，让自己收获一些教义。此时这群客人已经到达，他们顺着宽敞的客厅和餐厅的墙面一排排地坐着。只是寒酸得点着一盏照明灯，因此大厅里显得非常暗淡。

在这几个大房间中，被烟熏得黑黝黝的屋檐和门上绘画的装饰还透露着往昔奢华的痕迹，除了这些之外就没有什么了。门上的画让埃曼纽尔想到客厅变成"沙龙"聚会之地时的时光，那时候兰熹儿小姐常常会在松软的地毯上，在锦缎的窗帘和装饰得非常华丽的家具之间，展示她那些华贵奢华的衣服。顺着空荡荡的墙壁下方，是一张简单的长方形板凳。他上方墙上的蓝色颜料在大片地脱落，那些斑驳的印记已经有人的肩头那么高了。四个很高的窗户顶头都覆盖着很小的棉织红色短帷，通向花园的门的两侧各开两扇窗户。冬季的时候那扇门一般是关着的。其中一个窗户下面放着一张擦得非常光亮的橡木白桌，靠近木桌的长凳和桌子边缘一起就像一款高背椅一样。除了这些以外，还有几个铺着灯芯草垫的椅子放在火炉的旁边，就像汉赛茵的孩子屋子里的那样老气的椅子，和一个漆成绿色放在厨房边缘的带架子的橱柜。另外，一个六边的枝形的吊灯悬挂在天花板的正中。

这房子又被称作"大房子"或者"会堂"，实际上它是这家人的客厅。因为客厅的摆设非常简单，因此大家把它叫作会堂，而这些都是因为埃曼纽尔喜欢古典所致。除了前面的那个客厅现在被当成家人的卧房之外，其他的房间都是空荡荡的，没有仆人。留着几间房偶尔用来存储羊毛、种子或者饲料之类的物品。在阿奇迪康的年代，人们尊敬地称为"研究室"的房子，埃曼纽尔将它继承下来私用，不过那间房只不过摆放了几个布满了灰尘的书架和一张用美国布料制作的沙发。除去饭后半个钟头在那儿小憩之外，他很少会用它。他的说辞和演讲稿常常是在耕地的时候，或者探望病人之时构思的。所以就像他说的那样，他不看书架里摆放的名著，是因为他觉得从空中飞过的鸟儿、牛栏里的母牛那儿，可以获得比看似内容高深、知识丰富的书籍中获得用来修身养性、提升智慧的有用知识。

在这样一个晚上，大概有五十人在房间中聚会，男女老少都有。年轻的姑娘们，顺着墙坐成一排，瞧上去好似花儿一样充满朝气，无论她们多大年纪，有着什么颜色的头发，几乎都在俯身做手里的针织活。她们每个人的手指都已经冻得又红又僵，几乎拿不稳手里的针。尽管光线不够明亮，但是房子里却充满了快乐而又安逸的氛围，丝毫没有被这环境所影响。

已婚的妇人坐在靠近火炉边的墙壁下，这是她们固定的座位。她们正坐在那儿坚持不懈地编织着大型织物，她们一边做事一边用那种家庭妇人们在一起絮絮叨叨的语调同旁边的人说一些家庭琐事。汉姗坐在她往常坐的那个位置，一面转动纺车，一边和别的家庭主妇一样闲谈着。她身上穿着一套普通的棉毛混合纺织的粗布麻衣，围着一块方格纹理的棉质围兜，头上戴着一个又紧又窄的黑色小帽子。她将深棕的长发梳成这个地区最常见的发式，在太阳穴的地方垂下两根样子呆板的丝带。她不怎么听其他人的聊天，也不怎么留心她的周围，当有位身穿便装的老工人推开门走进来的时候，或者有几个脸蛋圆圆的胖姑娘向她点头打招呼、露出牙齿微笑地走进之时，她的目光才会离开纺车抬头看一看，不过她依然魂不守舍，视而不见。

年轻的男人们聚集在窗户边上那张橡木长桌边。桌上点着油灯，灯光照耀着每一个人。油灯的旁边放着一个瓶口塞着木塞子的大水瓶。最洪亮的声音是从这角落传过来的，烟斗中散发出的蓝色烟雾浓烈地环绕在他们那蓬松的头颅上。除此之外，有两个人坐在黑暗的角落里。从两人的外表和言谈举止来看，他们并不常来这儿。埃曼纽尔在屋外特别真诚地邀请两人，跟两人热情地握手，向他们表达自己是如何诚挚地欢迎他们光临时，他们才进来。他们看上去十分落魄，身穿的破衣服已经湿透，滴答滴答落下的水珠让他们站着的位置出现了很多小水坑。其中一个人的身材高挑消瘦，像一根柱子似的；而另外一个则又矮又胖，眼睛上头还有一块肿得跟鸡蛋一样大的包。坐在角落的两人都将手放在膝盖上，用一副窘迫的神情望着地面。然而有的时候，在两人觉得没人关注他们之时，他们会悄悄地看对方一眼，露出一副似笑非笑的表情，好像这个环境让他们显得很尴尬。

这两位是这个地方非常有名的恶棍——"啤酒桶席温"和"白兰地派尔"。这地方有一个团伙，只要天亮便会站在维林开的店铺外，衣服中藏着空酒瓶，等待老板打开店门，而这两个人也是该团伙中的一员。两人跟团伙中的另外几人一块儿住在郊外的一间土屋中。其中一个人是做木靴的，另外一个则是修理屋顶的。不过他们最主要的收入是去农民家存储农作物的地窖里偷番薯，或者在很晚的时候剪围栏中绵羊的毛去卖钱。有的人甚至猜测这些人以前做过触犯法律的事情，所以他们良心不安。

埃曼纽尔对于他们之前的事情并不知情。事实上他到这个地方并没有多久，他就明白了是贫困造成了这个地方的人民生活悲惨和精神萎靡。起初他想尽力争取让那些迷茫堕落、走上歪路的人信赖他，教区集会的会众支持他。他用温和与宽容的态度，让人们可以从平坦而顺利的路途回到正道。他不计辛劳，不计得失地想要达到这个目的，然而让他觉得非常失落的是，这么多年他费尽心思帮他们的忙，却没有办法消除大家对自己善意的敌对。

因此，每当看到那些误入歧途的人能够回心转意的时候，他就感到非常开心，就像今晚，两人前来光顾便是例证。此时他（作为贫户救济委员会的领导人）忘了他最近重新分发了对两人的贫困补贴，也完全没有料到这晚他们会出席，实际上他觉得，他们既然领取了贫困补贴，当然没有理由拒绝参加这个聚会了。

这夜，房间中还有一个不会被经常看到的客人，那便是爱格勒勒兽医。他正坐在位置靠近百叶窗、朝向花园的门边的长凳上。他面上带着笑容，将双手叠着放在宽厚的胸口处，他并未留意到他的这个动作恰巧将手臂下面的衣服破洞全部展露出来了。他的头发和胡须都是白色的，没有修理，任由它们生长着，他的双眼像铜铃，像闪耀的玻璃珠，但是脸上没有长毛的地方，到处都是结痂。

他们之中哪一位才是最悲惨、最不幸运的呢？是这两个"小偷"，还是这个很怪异的被命运所折磨的老头呢？答案无法确定。是的，这个兽医穿着一双松紧带绑着的皮鞋，袖子上扣着扣子，衣领上戴着领圈，他将一副夹鼻眼镜塞在他穿得非常整齐的双排扣的礼服中。他想通过衣着让人们觉得他不是很寒酸，但是褴褛的外套已经暴露了他所有的家底，他脸上还强装作无所谓，他这样倔强让人们对他更加同情了。虽然在人群中他极力想表现出轻松自在的模样，但是掩藏这种行为的痛苦表情在他脸上更是暴露无遗。他现身于此处并不是因为怀有好心，今晚他会到这群他觉得愚蠢的人之中，是他命运不好、运气很差的缘故。对于那群当代"聪明机警"的农民，他在心里觉得憎恨和轻蔑，他叫他们蠢东西。命运似乎跟他有仇一样，不停地让他遭遇各种不幸，今晚的事只是其中一件。原本他一整天待在家中，反复想着他那悲情、绝望的、已经被毁灭的家园。他的家在荒芜的田野上，住的屋子几乎都要坍塌了，他待在家中，是由于今天面包店老板开着他的马车看望他的邻居，他找到一些好借口不同他们见面。不走出大门，无聊地待在家中一整天后，傍晚时分他最终还是出去了，他的理由是要去看一位病人。他亲昵地亲吻了小孩后，便同他的夫人依依不舍地道别（没有经过这些程序，他几乎不会离开家一个钟头），接着他去找维林。维林是位颇为同情他的老友，他去找维林当然是想在他那里寻找点安慰。同时，有机会他想得到他喜欢称作"短暂失忆"的东西。然而非常不走运，在牧师公馆的大门口他遇见埃曼纽尔，他非常惊喜地拍着他的肩头，欢呼道："亲爱的朋友，你终于来看望我们啦，实在是好极了。这么长时间我们可一直在想念你啊，我们衷心欢迎你的到来。"

　　漫长的时间就这样度过，爱格勃勒绝望得快要崩溃了，他正想鼓起勇气借口去看一位病人，而埃曼纽尔却解释他刚刚从坚生那开完会回家。他以为织工应该也出席了会议，不由得觉得心凉，因此他也不愿去找坚生一伙了。在这样的情况下，他觉得他不应该存有离开这儿的想法，他必须进去待上片刻。此时他坐着，脸上带着几乎痉挛的笑意，那些痘疤涨得通红，身体因为心中的愤恨而颤抖。他的穷困让他出丑，好像没有一件事比出席集会更让他感到羞耻和被无情地伤害了。他就像个小学生一样坐在凳子上，同那些放牛的汉子、挤牛奶的女工人和全身散发着臭味的马房牛栏的工人待在一块，他忍不住在心里问自己，这个世界是不是一点公理也没有？否则的话他为何被迫来忍受这样尴尬的情境？他是一个地方法官的孩子，而且他曾拿到过学位，这些人则是一群一个模样的蠢材。曾经他们还习惯将帽子脱下来拿在手上，十分尊敬地站在他的跟前，假如他请他们去他的屋里坐一坐，这会被他们当作是一种荣耀，但是现在这些农民却强迫全国的人对他们屈服，难道这些都是在精神紊乱下做的迷糊事情？四周的聊天声慢慢停下，最后一点声音也没有了。大家都在等待埃曼纽尔或者别人来给他们讲故事或者演讲。

尼尔思是牧师公馆的一位雇佣工人，他抓住这样的机会想吸引埃曼纽尔的注意力，他故意将胸前袋中的报纸拿出一点点，恰巧可以让人们看到报纸的一角。有时候，假如没有娱乐项目的话，大家为了找到讨论的话题，就会拿出一张报纸选一篇好的文章阅读。

但是，埃曼纽尔并未留心他这种富有深意的举动。他只是来来回回游走于这群客人所坐的凳子之间，反反复复地走动着，有的时候停下来同他们闲聊，聊一会儿后就坐回自己的位子，边抽烟斗，边陷入深深的沉思之中。他内心波涛汹涌，还在想着坚生家中所谈论的事，他的心思全部放在以后的日子里，心中满是忧虑。

"今晚大家不做任何事吗？"最后坐在凳子那头的一个姑娘毫

不客气地说道。

那种不耐烦的吵嚷声，同随后爆发的笑声，将埃曼纽尔从幻想中惊醒，他带着微笑望着大家说道：

"阿比侬，这个问题问得不错！让大家开始些活动吧！安东，今天晚上你不打算同我们说点什么吗？"他转头问一个模样像牧师的矮个子男人。那男人有着棕色的胡子，系着一条白色的领带，戴着一顶没有边缘的帽子。此时的他双手拿着烟斗，坐在桌子另一头的一张老式的框椅上。这男子便是新任郊区的学校校长——非常有名的安东·安顿生。他曾经是一位私人老师，之后在教区的会议中被任命为莫天生的继承人。埃曼纽尔对他回以微笑时，他把厚厚的嘴唇挤压在一块儿，将他抽进口中的烟从嘴角喷出，好似加农炮发射炮弹之时炮口冒烟一样。接着他将头往一边靠，露出一丝狡黠的笑容，用一种很浓重的方言口音说道：

"不用了，不用了，我今晚不想给大家添麻烦。"

他滑稽的身材和外表看上去有些俏皮式的干幽默，这使他成了大家的开心果，他幽默的言行、有趣的笑料、诙谐地读一些有趣的文章，差不多成了这个乡下场所每次节日庆祝场合所无法缺少的演出。

"哎呀，安东，我觉得呀，"有人边说边笑道，"您老人家今夜可以为大家读点什么。很长时间都没有听到您为大家读些什么了。不要忘了，您还没有同我们讲完施特茵的故事，您还没有告诉我们她在中学时代的经历啊。"

"是呀，是呀，讲给大家听听吧！说吧！安东，说吧！"马上有几个人跟着附和。

校长闭上一边眼睛，笑着看着四周，其他人越吵闹，他笑得越厉害。

当坐在火炉旁边的女人同大家一起起哄要他讲的时候，他终于开口："孩子们，可以了，可以了，既然大家发话了，如果没人开始讲，我自然是不会闭嘴，什么都不说的。没能让施特茵上中学，会让我觉得非常愧疚的。"

"不过我们不是应当先唱一首歌吗？"忽然板凳的那头响起一个姑娘很无礼的声音。那是美丽的阿比侬在说话。她二十岁的年纪，长得很高大，浅黄的长发上束着一根黑色的绸带，胸前的位置插着一朵漂亮的玫瑰花，腰间系着一条中学生常常系的光亮的皮带。这姑娘是牧师公馆中的女仆。

"行，让大家先唱歌吧，"埃曼纽尔觉得提议不错，"唱我们国家的歌曲！我觉得这段时间大家需要唱这样的歌曲。咱们唱什么曲目呢？"

有人觉得唱《千万勇士葬身海边》这首歌。

"好的，这首歌非常合适，大家都记得如何唱吧？阿比侬你先唱。"

歌曲唱完了之后，房间立刻变得非常安静。那些年轻的男子将手臂放在桌子上，端正地坐好。姑娘们则放下手中正在编织的活儿，或者将它们放在围裙下的袋子中，接着便交叉双手放在腿上，集中精神听安东讲故事。

他在诵读和吟诵方面无比的杰出，也只有山丁吉的一位中学老管理员能够同他相提并论。不过后者在讲民间故事和北欧流传的英雄传说的时候，他本人边讲边气喘吁吁的，激动无比，并伴随着发出怪异的似乎能将屋顶掀翻的尖叫声。他的声音就像打仗的时候回荡在讲堂中的号角一样，也像咒语将传说中的巨人、小矮人和战神奥典的女仆维吉莉等人的灵魂都召唤过来出现在他们面前一样，他讲得如此活灵活现，好似居住在爱思加的所有光辉熠熠的神仙都真的出现在大家面前一样。相比而言，这个校长却主要讲那些发生在平常生活之中的但是耐人寻味的故事，有时也会讲一些当时大家都喜欢甚至颇为流行的东西。他能模仿故事中人物的行为举止，尤其是能非常娴熟地把那些幽默故事中的人物模样惟妙惟肖地模仿出来，再加上他这滑稽的小个子，他的角色模仿得无比传神，十分动人，让人觉得眼前一亮。

他对于介绍和推广现代作家的作品有非常大的贡献，而且他在这一类的集会场合中放弃以前很流行的浪漫诗歌，用他讲的那些内容所取代。埃曼纽尔起先尝试着想再次激起人们对于诗歌的兴趣，不过他的努力最终失败了。古老的诗歌非常动人，儿时这些诗歌曾给他们带来开心的记忆，他不能够理解为什么他的朋友们不爱欣赏这些诗歌。不过在他逐渐了解生活，历经生活的磨砺、挣扎后，他开始明白像小仙子、夜莺和月光这种没有什么用处的幻想小说实际上脱离了人们的思想和情感，与现实的情节完全没有关系。同时他留心到，古代的诗人们常常描述和赞颂那些异教的鬼神传说和男女爱情故事。这些诗人常常描写一些举止豪放、不贞洁的行为来表示女性身体的引诱，他对这一点非常注意且印象深刻。也许是因为同样的感受，那些劳苦的会众们渐渐失去了谈论诗歌的兴趣，在公共场合大家也就很难开口了。

在一些现代作家的文笔之下，那些具有现实意义的描述是十分恰当的，那些作家也是出自于平民家庭，特别是在那些了不起的挪威作家的文笔之下，他们回顾自己寻常生活中的种种奋斗、开心与哀愁的情形。在这些文学之作中他也能读到道德的诚挚、寻常人对事物的理解和对真理与正直的期盼，这些都震撼着听众们的心灵，让他们觉得万分感动。

4

同样的晚上，维林和他的夫人在小店后面舒服温馨的客厅中坐着。客厅的桌子上放着一盏用红纸罩着的高脚灯。维林的妻子坐在沙发上做针织活儿，她的身上笼罩着柔美的灯光，而维林坐在桌子的另一边靠背椅子上进行朗读。

铺子一点声音也没有。灯光的火焰渐渐变小，那盏灯悬挂在天花板上面，下面放置着绳子、马梳之类的物品，因此发出阵阵刺鼻的味道。在一大桶白兰地的后方，一个像鬼一样的店员正坐在那个黑暗的角落里。这里的伙计两三年换一次，那时候都得去大都市中找店员来当替补，不过每年换来的无外乎都是这种干瘦的、胆小的、像幽灵一样的男人。此刻他已经进入了梦乡，他将头靠在墙边，嘴巴张得老大，手死死地插进口袋里，就好像永远也无法拿出来一样。

打烊后的几个钟头，甚至连打瞌睡做梦都没有人来惊扰他。维林的店铺以前总是有很多的顾客光顾，非常热闹，但是现在就是白天也没什么人来了。自从教区实行再分配之后，斯奇倍莱的一家大合作商就抢走了维林的大部分生意，慢慢地便只剩下村里的几个穷人跟他进行小额的买卖了，他只能卖一些煤炭、白兰地和巴伐利亚啤酒。

不过这些并没有严重地影响到维林和他夫人的生活，他们的生活并没有因此而陷入贫困。

维林个子矮小，头又宽又大，长着黄色的胡子。这几年他长胖了，气色变得红润些了。当然，他的夫人在工作时只能戴上眼镜，不过她的神情依旧是较为和顺温柔，她似乎相信了维林常说的"最后的胜利"和"来自职业培训的优越"，因此觉得内心宁静。

维林正在看一份出自哥本哈根保守派的报纸，大家一向喜欢报纸上对首都所发生的事情进行十分详细的报道，而且这也是维林夫妇唯一可以读的东西。因为小心翼翼地防备政治问题，这么多年他们未曾订过报刊，只是请经商的友人将报纸伪装成包装暗中送给他们。今晚尤其让维林觉得高兴的是，报刊上报道了皇宫中举办的盛大华丽的舞会，舞会奢华富丽，有许多显赫的人物出席。每次读到这种信息的文章，维林总是用一种庄重、颤抖的调子诵读。那些没有读什么书、认字不全的人常常用这种方式来表达他们对于文章的喜爱和尊敬。此刻他正好有了机会，便尽力用一种抑扬顿挫、很有感情的语调来朗读。他有板有眼、津津有味地读着那些描写服装上有几颗星星、戴着什么勋章、女士们穿着的奢华的礼服、佩戴着耀眼的珠宝的句子。

"皇后殿下一直都是很有活力的，此刻她看上去更加年轻了，她身上穿着一条有花边装饰的长裙，裙子后方拖着一条至少五码长的富贵华丽的淡紫色缎子，她的头发戴着用猫眼石和淡紫的羽毛做成的饰品，"他读着读着，说道，"赛盈，你想一下，五码那么长的紫色拖地缎子，如果我们只是用平常的那种宽度，十二码的长度来算的话，假如每码价值挪威货币四十五克罗桌，天啊，这样的话仅仅一块布就得花五百四十克罗桌啊！"

维林的妻子将脸靠在一枚织针上，目光看着上方，盯着屋顶，保持这样的姿势附和道：

"再加上花边的长度十五码，每码花费二十五克罗桌，一共就得三百七十五克罗桌了。"

"如此说，来总共算上得花九百一十五克罗桌了。"

"至少要这么多。"

"这块布料就得花这么多钱！不过你也可以说它奢华美丽、光彩熠熠！我们再往下读。'太子妃穿着一身蓝色的缎裙，裙子上绣着银色的百合花，你听说过百合花有银色的吗？太子妃头上戴着一个镶满了珠宝和钻石的头冠，脖子和手上也戴着一样的珠宝。她的耳环特别地漂亮和动人，两只耳环都镶着麻雀蛋那么大的钻石！'赛盈，你听说过钻石像麻雀蛋那么大的吗？这相当于每一只耳朵下都坠着一栋乡下人住的房子，不对，应该是坠着整个村庄的所有房子。这种感觉真是太奇妙了，你也是这样认为的吗？"

说到这，他忽然停止了说话，抬起头来听外面的声音。只听见池塘的那边传来一阵嬉笑之声，一群小女孩正唱着歌经过小村。

"我觉得晚上伦特士家的集会应该已经结束了，"他看了看墙壁上的时钟说道，"过了九点了，应该到了散会的时间，好，咱们接着读吧，但愿不会再被外面的喧闹给中断了。"

店铺那已经走调的门铃忽然响了，维林连忙将他的报纸合上，顺势放到抽屉中。

店铺外传来一阵阵咕哝、喃喃的声音，夹杂着酒瓶的碰撞声，接着门铃又响了起来，不过门还是未打开。

维林高声呼喊："伊利雅士！"

那个像幽灵一样的伙计披头散发，睡眼朦胧地将门打开。

"是谁敲门？"

"是白兰地派尔和啤酒桶席温，他们来买一品脱酒。"

"行，拿给他们，你待会就可以关门不营业了，去睡觉吧。不过，伙计，不要忘了把蜡烛吹熄！晚安！"

门关上后，维林继续将报纸拿出来。但是当他刚刚开始读的时候，店的铃声又开始响了，紧接着门被哗啦啦地打开，一个人打开柜台前的活动木板走了进来。维林惊慌失措，在客厅的门被打开之前连忙将报纸塞进抽屉。

"哦，原来是你。"维林看到进来的人是爱格勃勒时，这才松口气，爱格勃勒已经被雨水淋得浑身湿透。"真是没有想到你会来这儿，这么晚了出门，有什么事吗？"

"我吗？啊，刚才我去看了一个病人。"爱格勃勒一边喃喃说道，一边看着四周想找个地方放他的拐杖和帽子。

"这种天气真是太糟糕了，讨厌极了！真是不适合出门在外。外面道路泥泞不堪，寸步难行，不适合进入体面人的房子里。不过我犹豫再三还是决定进来。"

"爱格勃勒，你能来看我们真的是太令我们欣慰了，"维林夫人说着，用带着警告意味的眼神瞪了她丈夫一眼，她心中对这个突然闯入自家的客人感到非常不开心，并且对这种情绪毫不掩饰，"你知道我们现在很孤单，我们看到你的时候总是非常开心。你进来之前我同维林正在说你呢。先坐吧，跟我们说说这样坏的雨天你们家的情况怎么样。"

爱格勃勒似乎并未听出她话外的弦音，只是十分愁苦地坐在桌旁的椅子上，失魂落魄地抱怨着坏天气。他将手伸到右边的口袋中，似乎想找什么。

最后他将手拿出来，丢出一块二克罗桌的铜钱。

"维林，你觉得怎样，你提供雪茄和开水，我提供白兰地。我觉得这样的晚上我们需要烈一点的酒水。"

维林和他的夫人迅速交换了眼神，接着大家都未说什么，片刻之后维林夫人起身去厨房，而维林则灵活地转过身，一手拿起铜钱，放到另外一只手上，接着马上放入自己的钱袋。

爱格勃勒则紧紧地盯着铜钱，眼中满是不舍，直到维林将钱放入口袋中才收回目光。接着他望着地面不说话。

"哎呀，老朋友，你如今的情况怎样？"维林一边说，一边表示亲昵和友好地往爱格勃勒的膝盖拍了拍。

"我的情况？"爱格勃勒猛地一动，端正坐姿，似乎不想让对方碰到膝盖，他一边反问维林，"当然情况不好啦，不然的话呢？"

"哎呀，像我们这种生意人的情况也不好。如今无论在什么地方，东西都在降价，到最后会变成什么样子呢？前些日子我才同妻子说，现在买任何东西都必须支付现金，这种方式让我觉得非常反感。朋友如果有什么困难，我们很乐意帮助他们，一个好的顾客如果没有足够的钱，我们得照顾照顾他们，用实际行动或者口头安慰来帮助他们渡过难关。不过当自己都很困难的时候，你说我该怎么办？我不晓得这个季度的结账日子来时我该怎么办。二十年来我认认真真地工作，诚实勤恳，现在一把年纪了，却是这样的情况，真是既落魄又狼狈。我已经彻底完了，无法翻身了！"

　　爱格勃勒不是第一次听到这样的话，他低声嘟囔着，眼神中流露着烦躁与不耐烦，一直在不停地看着厨房。

　　最后维林夫人拿着一个碟子走了出来，爱格勃勒立刻拿起一个杯子，倒入一点水盖住杯底，之后加入满满一大杯白兰地。他没有向维林碰杯说些祝福的客套话，便颤抖着将杯子送到嘴边，一口气喝下一大半。维林这时正好拿着雪茄过来，爱格勃勒接过已经咬掉头部的雪茄，借着灯火点燃，开始吞云吐雾，接着坐回到座椅中，换上自己一贯的坐姿，双手抱胸。

　　"啊，"爱格勃勒终于开口，喝了酒后他话匣子大开，"最近有什么新鲜事吗？"

　　"新鲜事情？让我回忆一下！"维林一边搅动着自己的饮料，一边说着，"最近发生的事情就是，今天教区又举行了集会。"

　　"你说的这些怎么是新鲜事？这都是老消息了！我感觉他们似乎每天都开会，农民们这段时间里没有什么事情可忙了。他们已经将牛奶运到生产奶制品的农场中，将猪运到宰杀场中，于是就有时间去做一些他们觉得很厉害的事情。说句心里话，以前的生活可不像现在这么乱。朋友，你觉得我说得有没有道理呢？"

　　"我觉得这可能是选举委员会导致的。"

　　"选举委员会！"爱格勃勒有些愤怒了，"大家又得被他们拖入另外一滩政治浑水中了。上一次在这儿开会才不过一周的时间！事情不正如我说的那样发展？"他怒火中烧，握紧拳头，咬牙切齿地说着，"一想到那些'蠢家伙'发动全国做出的这些事，真是让人气得吐血。他们做出这样的蠢事还不够，我是说他们扼杀了淳朴的老丹麦人最后的快乐和和谐的生活。除了这些，你不得不乖乖地听他们胡言乱语。维林，你还记得老戴瑞克·雅可布生吧？如果他遇到这样的事情，会如何处理？哎，他是个非常不错的绅士。以往他举办圣诞节宴的时候，会提供脆饼、老圣诞麦酒和红甘蓝菜，还有老式烤乳猪，单单一条猪腿就重达四十二磅，他还会送上最好的咖啡和饮料慰劳大家，让大家忘掉生活中的忧愁与烦恼。还有忏悔节，人们可以连续五天通宵快活！哎呀，那样的生活才是大家想要的！"

维林和他的夫人用哀伤的神色看了对方一眼。爱格勃勒的描述已经让他们回忆起了昔日温馨美好的记忆。以前宴会配备的各种东西都是在维林店铺买的，那时的宴会规模很大，有时甚至能够达到一次有一百多人参加的规模，他们奢侈地吃吃喝喝。晚上，宴会结束之后，他们夫妇就会坐在沙发上，拿出账簿记录一长串的账目，然后结算那一栏栏几乎有手臂一样长的账单，这些是他们以前生活中最开心、兴奋的事情。

"还有梭伦，我们经常叫他天狗。"爱格勃勒继续回忆着往昔的美好岁月，"维林，你可否记得，他有一次杀了一头肥牛，举办了一场白兰地酒会，那才是痛饮啊。但是现在你还能得到什么？是几片甜饼还是一杯不冷不热的咖啡？最后剩下的就只有幽默滑稽的演讲、借着宗教名义的歌唱、客气友善的寒暄，还得跟那些满是汗水的人握手！那群新上位的年轻人是个什么情况我们一清二楚，他们不像前辈们那样辛苦劳动，也不像别人那般逍遥自在，他们只不过是唱唱歌，坐着不动让自己一天天发胖。这群所谓的国家精英和'先进分子'翻白眼的神色让人看了简直想吐！我认为，必须打倒这些大逆不道的地痞流氓！"

一想到自己被迫在牧师公馆中尴尬地煎熬了两个钟头，他就非常痛恨，话说得越发放肆。维林吓得连忙做了一个嘘声的动作，让他小心一点。而爱格勃勒对于刚刚说出来的最后几句十分有勇气的话也不由得感到害怕，他停下来，沉默了很久，好似织工随时会出现在这里似的。

沉默片刻，维林夫人想转移话题，于是便开始问道："爱格勃勒，你家人一切可好？"

爱格勃勒扭过头，脸上露出痛苦纠结的神色，烦闷地摆了摆手。每当别人说到他的妻子，他的脸上几乎都是这样的神情。

"维林太太，不要说这些了，这些只会让我心烦意乱而已。唯一让我有点慰藉的是，我的这些苦难都是因为生不逢时所导致的。我还要强调一点，我为了我那可怜的妻子和天真可爱的孩子受尽苦难。如果没有他们，我一定会反抗到底的，对着那些恶人的脸上吐口水。维林夫人，你应该相信我。不过，为了我那不幸的妻子和孩子，为了承担痛苦和不幸，我必须干了这杯。维林太太，也许你对我有所误会，我并非一个专门制造悲剧的人，只是由于我这骄傲的性格，我竟然还让我那可怜的小苏菲继续去忍受折磨和苦难！"

"但是，我亲爱的爱格勃勒，我没有这样说过。"维林太太解释着。

"不对，不对，我的维林太太！事实就是这样，到现在我爱我的苏菲已经超过二十年了，我饱尝痛苦哀伤、烦躁忧心之苦，没有人能够像我这么疼爱她。一个人之所以懂得感激天主，是因为天主赐给了他一个善良、贤惠、忠诚的妻子。我的苏菲便是这样的妻子，她是慈爱的母亲，是完美的妻子。她高贵典雅，甚至宁愿牺牲自我，她能吃苦，性格好得不能再好，尽管现在生活在困难和苦痛之中，她依旧可爱而美好。"

白兰地的酒劲已经发挥作用。他感觉自己快哭了，于是便推推眼镜来掩饰自己快流泪的事实。他的声音开始沙哑，他的言语和动作之间流露了他对爱妻的关怀和爱意，但是他的这些举止在那些了解他那憔悴不堪的妻子的人眼中是很别扭的。

他不再掩饰自己的情绪，接着说道："我那不幸的妻子总是病恹恹的，你知道当她独自在家的时候，常常被一些幻想所迷惑。我只要想到这一点就觉得太糟了，我们居住的房子又偏僻、又荒芜，没有人帮助她，真是可怕啊！有天晚上我从你们这里离开返家。我估计那时真的已经非常晚了。远远地我就看见卧室还没有熄灯，我猜想肯定发生了什么事，当我连忙赶回去的时候，呀，我一辈子也无法忘记！我看到我那瘦弱的妻子脸色比纸还白，正坐在床边，牙齿不停地颤抖着。我冲上去紧紧抱着她。开始她什么话也不说，只是不停地发抖。'我最亲爱的苏菲？'我喊她，'出了什么事？'最后她终于恢复了平静，她告诉我说听见有人在屋子里来回走动，她看到窗口有很多可怕的脸，她听到有人威胁她，要杀掉她和我们的孩子。这当然是她精神混乱产生的幻觉，但是我还是觉得非常恐怖，看到这一幕我的心都要碎了！"

他极力发泄自己的情绪，一点也不隐藏。泪水不停地从他那浓密的胡子上滚落下来，他身子前倾，将脸藏在双手之中。

"我的爱格勃勒先生呀！"维林夫人开口了。她的丈夫也在拍着爱格勃勒的膝盖表示安慰，说道："我的好朋友，不要这样伤心了！你瞧瞧，你夫人的身体到了夏天就会恢复过来的。春天来临后，我们就会忘记寒冬里所有的不开心。"

但是爱格勃勒并未听维林夫妻的讲话，他已经陷入了沉醉中，他已经醉了。忽然，他抬起头来，刚刚来这里的时候他的脸色是冻僵的紫色，现在已经变成了醉后的红色。

他语气怪异，一边看着夫妻二人，一边举着手说道："你知道我在想什么吗？这儿的空气被人施了一种大家都不知道的巫术，这里正在进行一种非常邪恶的巫术。"

维林夫人的声音有些哽咽，道："哎哟，爱格勃勒先生，你总是这样说，你让大家感到心神不定。"

"请您原谅我吧，维林夫人。你不懂我的想法，我也不会相信世上有那些头长在手臂上、面目可憎的鬼怪和神仙的……这种荒谬的事情就让那群'蠢家伙'去相信吧。不过维林夫人，我指的是另外一种我们还毫无觉察但是它会将我们榨干的巫术。如果不是因为我们土生土长于此处，那么这种邪术肯定会把我们的心挖掉，将我们的骨髓和血吸干。你应该相信我的，我常常可以感到这巫术的存在，否则的话，我和那可怜的苏菲就不会这样倒霉，生活如此悲惨了。"

他重新将脸埋在手里并开始啜泣，听上去就像在痛苦呻吟。

维林同夫人心怀怜悯，他们试图让这男人平静一下："不过，爱格勃勒先生呀！"

"我亲爱的好友，就看在上帝的面上，不要再伤心了，好吗？你自己调一杯饮料喝吧，想想别的，我觉得我们可以玩一下游戏，让这些悲伤的事情都过去吧。"

爱格勃勒抬起头，就像是刚刚睡醒一样，保持着怪异的姿势，他将手指当成梳子理了理头发。他先看了维林一眼，接着看了一下时钟上的时间，露出一副沮丧的表情。

"我应该想到，我承诺过我的太太。"他闪烁其词。

"哎，我的老朋友，你这副模样现在最好不要回家啊。你会把你这种不快乐的情绪带给你夫人的。我们可不愿意让这样的事情发生。你还记不记得有一天我赢了你五千三百克罗桌？现在你可以找我报仇了。赛盈，去拿牌来，再给爱格勃勒先生调杯酒水。"

爱格勃勒一看到牌，便不再抗拒。

在维林家打牌的人几乎都会输些小钱，但是实际并非如此。没错，因为爱格勃勒破产得身无分文，他们不可能从对方那里赢钱，所以他们不用现金来做赌注，后来他们偶然间想到一个非常好的法子，就是用欠钱的方式赌博，并将赌注下得非常高。这样的话就能满足他们的嗜好，同时也能满足渴望钱财数目一下子大增的愿望。所以，他们打牌的乐趣很快被重新勾起。

维林在店铺里走了一圈，确认一下店里的伙计是否真的睡熟，这才回到这儿围着桌子坐下，便开始打牌了。

"我要翻牌了！"爱格勃勒吼道。

"我不补了。"维林太太小声说道。

"嗯，那我就要赢了。"维林一边伸手打算拿走桌上的牌，一边说道。

但是爱格勃勒用那双毛孔如海绵小洞一样的手压住牌，说道：

"不要瞎来，我的点数更大！"

"船长，我们摇得太厉害了，停船吧。"维林笑道，"你今天运气真好啊！"

爱格勃勒重新戴上他的夹鼻眼镜，这是为了增加他在那些所谓的"蠢家伙"们心中的分量所戴的道具，他从两年前就开始佩戴这副眼镜了。他笑得神采飞扬、满面红光，一点也没有注意到时钟已经敲了十下。

他赢了一局，将对手打趴下了，这时他将一双大手放在身侧，高兴地说道：

"哎呀，老友呀，咱们今天晚上玩得真开心啊！"

卷　二

1

一连几天温暖明媚的天气之后，这天夕阳西下之时，北风忽然狂吹。汉姗和她的儿女们单独在家，孩子们已经早早上床安睡了。埃曼纽尔和几个下人，还有晚上常来的客人都去出席斯奇倍莱会堂举办的"反抗"大会去了。来自于这个区域各个村的农民们整天不断地进入会堂中。他们甚至有些人一大早就乘着马车来了，一部分在牧师公馆就会下车，有些人想拜访埃曼纽尔，另一些人则想出席未尔必教堂里的礼拜仪式。除去这些，国会中的两个议员也来拜访埃曼纽尔并与他进行了长谈，这两个议员是西海岸被邀请在大会中进行演讲的农民。下午又有一伙儿山丁吉高中的学生前来拜访他，他们带来了那位因病痛原因而退休的老学监的祝福以及慰问。这群拜访的人要吃些小食或者喝杯咖啡，因此公馆就像客栈碰到一大群赶集人一般一天忙到晚。

忙碌了一整天，汉姗期盼着晚上可以安静下来了。她常常身处在喧嚣的环境中却无法享受这喧闹中所带来的快乐，她并不喜欢这样闹哄哄的氛围。但是埃曼纽尔喜欢家里总有客人时那种热闹的感觉，他们两人总是无法达成一致。

她经常希望自己的丈夫对待一些朋友不要这样开放。渐渐地这群朋友进入牧师公馆好似回自己家一样习以为常。

不过此刻，她一个人在家里，孩子们已经睡了。她点了一盏灯，坐在桌子旁边，开始缝补衣服。在这样空落落的房子里，她觉得浑身不自在，她忽然觉得寂寞、孤单、精神萎靡。公馆里那些富丽堂皇的大厅，注定是会聚贤才的地方，那儿整天充斥着聊天和唱歌的声音，虽然她在这里安家已经七年了，但是从来没有过是这里的女主人的感觉，仿佛自己只是一个过客而已。有的时候她甚至幻想以前住在这个宅子里的人仍然像精灵一样出没于房间里，而阿奇迪康·田内绅同他那个骄傲的女儿就是这样，他俩躲在黑暗的地方用一种威胁的目光扫视她。当年埃曼纽尔和她都期盼着可以过上安稳和归隐式的耕作生活，但是现在的情况与过去的心愿完全相反，她一直不能明白，为什么埃曼纽尔可以对现状感到满足。她常常想起那个小屋，特别是在度过烦恼的日子之后，她总是感到黯然失落。他们刚刚订婚的时候，她期盼着能买一座四周环绕青山绿水的小屋，屋子前后栽着玫瑰花。她常常想象结婚后他们可以幸福、安逸地在这温暖而舒适的房子里居住，没有嬉闹的人群，有足够的空间让他们自由活动……每每想到这些，她就觉得自己被这牧师公馆束缚着。

除去这些，今夜屋子的四周有猛烈的暴风雨在怒吼着，屋外的建筑物被狂风吹得哐哐作响，谷仓的遮门被风刮得砰砰直响。从前门摇晃的情况看，她知道尼尔思出门之时忘记将门给关好了。一头母牛正在牛栏中嘶叫，这些事情更让肩负管理这所大房子的家庭主妇感到烦躁和忧心。她焦急地想着，不知道阿比侬出门之前是否已经给那只有哮喘病的母牛挤过奶了，不晓得她是否认真收拾过下午倒掉的灰烬。阿比侬这段日子总是三心二意的，每当尼尔思出现的时候，她就会慌慌张张地往窗外看……自打尼尔思的文章在报刊上刊登之后，大家都开始关注他了，很多人奉承他。汉姗认为在工作方面他已经变得非常懒散了，希望他不要被大家的奉承给冲昏头脑。忽然一阵呻吟声中断了汉姗的思索。这呻吟声是从半掩着门的卧室传来的，那是雷蒂在睡梦中哭泣。今天早上他跟爸爸去了趟斯奇倍莱，教堂在举行仪式时，他可能是跟渔夫的孩子们去海边玩耍了。但是他们在返回的时候并未发现他，而且找了一下午也找不到他。最后到了傍晚，埃曼纽尔出了门，汉姗这才在小阁楼的楼梯那边发现了雷蒂。雷蒂双手抓着那只有问题的耳朵，脸上泪水涟涟。汉姗给他那只耳朵滴了几滴从老司隆·格瑞特那儿拿到的亚麻仁油，然后带他去睡觉，他很快就睡着了。不过在梦中，他时常发出阵阵呻吟声，这次耳朵的毛病又发作了，这让她更加地沮丧和担忧。

　　埃曼纽尔无论去什么地方，无论天气怎样，总是爱将孩子带在身边，但是汉姗一直都不同意这样的做法，他让儿女跟那群野孩子们一起到处嬉笑玩闹。如果任由他们去经历一些让人不开心、让人担忧的事情，她觉得这样对儿女的成长是没有一点好处的。回忆自己的童年，她想到那些贫穷的家庭里经常发生的丑陋的事。当她看见希果丽同雷蒂穿着布满补丁的衣服和满是破洞的袜子跟那些穷人家的小孩一块儿玩耍的情景，她仿佛看到了自己小时候的情景。对她来说，埃曼纽尔目前实际的状况与她心中幻想过的那种生活不一样，她觉得有些不满意。高中时代，她内心曾暗暗幻想过的生活跟现在完全不一样，她曾盼望着结婚以后可以过着充满智慧和高雅的生活。

很多次她下定决心要同埃曼纽尔探讨教育孩子的问题，但是关键时刻她总是没法专心将自己的想法说出来。每当埃曼纽尔回到家里时，看到他那样轻松和开心的模样，将全部心思放在自己的大事上，她就马上变得没有信心。他致力自己的崇高事业，用一种无法动摇的信念和忘我的牺牲精神在工作，面对着这样的态度和精神，她觉得没有办法向他诉苦了。

她抬起头，听到卧室里隐约传来一阵惊人的尖叫声，她便连忙将正在编织的活儿放下，站起身来。不过当她走进卧室的时候，她感到无比惊奇，雷蒂正在安然入睡。她不明白发生了什么事情，她只能自我安慰，也许刚才是听错了。当她正要离开之时，雷蒂突然转过身来开始磨牙，接着又发出三声吓人的尖叫。

她一边叫着一边把雷蒂拉起来将他弄醒："啊，孩子！究竟发生了什么？"

雷蒂揉了揉眼眶，诧异地看着周围，最后说道：

"我没事呀。"

"但是你刚才为什么大喊大叫呢？是不是做了可怕的噩梦？或者是觉得哪里痛呢？"

他好像没有听到她的话，忽然将眼睛瞪得老大，直勾勾地看着前方，露出一副既惊恐又满是兴趣的神色。

"母亲。"他低声喊道。

"嗯，孩子，怎么了？"

"我的头里飞进了一只苍蝇。"

"孩子，不要乱说了，你刚才在做梦呢，躺着继续睡吧，睡着了就会忘掉这些事情了。"

"不，我没有骗您。我每时每刻都能感觉到这只苍蝇就在里面。妈妈，我觉得它飞不出来！"

雷蒂的脸开始扭曲，他把嘴巴张得老大，强忍着痛苦，坚强地挣扎了片刻之后，扑进母亲的怀抱中哭了起来。汉姗温柔地抚摸着儿子的头发，试图让他舒服一点。他很快就自己擦干泪水，乖乖地回到床上继续睡觉。雷蒂将手放在脸颊上，发出一阵轻轻的呻吟声，很快就又进入了睡眠。

汉姗还站在床边，这孩子奇怪的举动与胡言乱语让她感到非常惊恐，她不知道该如何解决这件事情。从客厅照射进来的月光映在枕头上，汉姗紧张地看着自己的儿子，在确定雷蒂的耳朵有问题后，她不能再犹豫了。今晚她必须同埃曼纽尔谈一下自己的担忧，这次她不会轻易打消这个念头了，直到请来医生为雷蒂看病为止。

2

直到快十点钟的时候埃曼纽尔才回家，这时汉姗正坐在灯旁的椅子上给孩子们织袜子。

埃曼纽尔进门的时候说道："神赐予此处平安！"这是农夫们见面时常用的一种古老的问候语，他现在已经接受了，并开始熟练地使用它们。他在靠近门的黑暗处站了片刻，一只手拿着一只橡木做的拐杖，另外一只手拿着已经熄灭的灯。他头上包着僧侣戴的头巾，那浅色的胡子在风吹过之后，服帖地垂在他那修道士的黑色斗篷上。

"尼尔思回家了吗？"

"没呢，我没听到有人进来的声音。"

"阿比侬呢？"

"也没有。"

"真是可怜，那麻烦可大了，外面风那么大，在狂风中走路真的很艰难，就像飙风一样，而且黑漆漆的什么都看不到。我的灯在山下就被吹熄了，几乎看不到前面的路，'家安静温馨，才是最美好的'。"

他将灯放在靠近门边的凳子上，然后把拐杖和斗篷放在一边。

"我有很多事情想跟你说！"他看上去非常兴奋，一边冲自己冻僵的手指哈气，一边向她走来。当埃曼纽尔正要把手放在她的头上，像往常一样吻她表示慰问的时候，忽然发现她神色有异，看上去一副非常烦躁、心事重重的样子。

"亲爱的，怎么了？我出门以后家里出了什么事？"

"嗯，埃曼纽尔，还是雷蒂的事情。"

"雷蒂怎么了？他不见了？今天下午我都没有看见他呢。"

"没有失踪，我终于知道是怎么回事了。你走了之后，我在顶楼的楼梯上找到了他，他的耳朵又出问题了，我后来让他去睡了。我不知道他怎么了，我从来没见过他这样，他整个晚上的状况都很奇怪。"

埃曼纽尔伸手想要点灯，但是汉姗及时阻止了他。

"别拿灯，会把雷蒂吵醒的，我已经点上了长夜灯。"

她跟着他一起到了卧室，雷蒂正在睡梦中，他的双手放在脸颊下方，膝盖弯起来，灯就在他的枕头后方，里面放着浮着油的水，那火苗就在油上燃烧，发出的微弱光照着熟睡中孩子的脸。他脸上看不出有什么难受和不舒服之处，似乎睡得很沉稳，应该很健康。

"啊，他睡得这样安稳！"埃曼纽尔低声说着，弯腰伏在铁床上，静静地听着雷蒂的呼吸。

"他不可能有什么事，汉姗，你真是小题大做！"

"我不清楚，他不久前还在说着一些很怪异的话，而且睡觉的时候会时不时地尖叫一下。"

"那绝对是这个时节天气的原因，小孩子晚上常常睡不好。明天早上就没事了，愿上帝保佑他还是那样活泼。"

"我觉得应该找个医生来检查一下。"

"他看上去是这样美好！"埃曼纽尔像个伟大的演讲人一样继续说道，他很少能听进别人的话。他一手抱着妻子的腰，一边笑呵呵地看着床上睡熟的孩子们。三个孩子都有着金色的头发，沉睡在雪白的枕头上。"他们真像天主怀中的天使，这真是一幅动人美丽的画面啊，有孩子的人居然不相信天主，你可以理解吗，汉姗？我认为孩子的身上散发着一种遥远而美丽的光芒，睡梦中的孩子脸上露出的美丽而宁静的神色让我想到：有一次有人问我那位亲爱的高中老学监，亘古不变的幸福快乐是怎样的，他指着一个母亲怀中睡着的孩子说道：'就像这样。'我觉得这个答案非常美妙！"他顿了顿，松开搂住汉姗的手，"这两位小仙女怎样啊？我觉得她们应该没事。你听，雷蒂的呼吸声很安稳，我一直想念这几个小家伙，今天一整天我都没有看见他们三个。"

他说话的时候踮着脚，轻轻地绕着床来回走动，弯着腰仔细端详那三个小家伙。他常常称他们为"三个金宝宝"，每看完一个孩子，他就从口袋中拿出一个葛缕子饼放在枕头下，以便孩子们一觉醒来就可以看到好吃的。

"我回来时顺道去了一趟面包店，我可不想什么都不带就回家。好了，咱们两个不要打扰他们睡觉了，我有很多有关今晚的事情要同你聊，出去吧。"

他们回到客厅，他在房间一边来回走动一边将今天晚上在会堂中发生的事情事无巨细地告诉她。但是汉姗并没有心思听，她不放弃自己的决定，下定决心只要找到机会就说雷蒂的事情。

"不过你晓得这次大会中最成功的是什么事情吗？"他大声说着。停住脚步，将双手放在身侧，身子前倾，说道："汉姗，你猜一猜。"

"嗯，我不知道，你直接说出来吧。"

"是你的父亲！"

她骤然停止手中的编织活，将头抬起来。

"我的父亲？"

"正是你的已经失明的老父亲！"

"他在会上发言了？"

"没错！他的出现受到大家的热情欢呼，不但这样，大家都无比开心地为他鼓掌欢呼，真是让人感动啊。我真希望我描绘的这些能够让你想象到当时的画面。"

"不过，爸爸可以讲话吗？"汉姗感到非常地惊讶。

"他也没有多说，主要是他的模样和那激动的神情很感染大家。当时的情形是这样的，主席讲话太过啰唆，你的父亲当时坐在讲台下方的位置，当演讲完毕要宣读决议的时候，他因为听不清就忽然站起来了。他这个举动让人误以为他要上去演讲，于是大家纷纷叫嚷：'上台演讲！上台演讲！'你父亲还没来得及解释，就已经被两个人给架到讲台上了。他没怎么拒绝和反抗。你知道的，他一向是这样内向和木讷，因此你可以想象他对这件事是什么样的态度和想法。这一幕真是令人难忘。"

"不过，不过，他到底说了什么？"

"嗯，我刚才提过，他的话并不多，也未说什么，主要是大家看见这样一位亲身经历过那段备受奴隶主压迫的悲惨时代的白发盲眼老人出现，他的出现提供了一个鲜活的例子。他举起那颤抖的双手，用好似来自墓地中的苍老声音说道：'我们又得重新去坐老虎凳？是这样吗？我们农民又要做那些贵族们的奴隶吗？'他也没再多说，但是底下的听众便响起了雷鸣般的掌声，当时真是太热烈了，可惜你没有听见。

"'不，不，我们绝不！'底下的人都在呼应着他。我真希望自由派的敌人当时能够在那儿，他们可以感受到大家呼声之中的坚强斗志。只有他们亲耳听到，他们才会明白，压制民主，对抗自由，那是徒劳无功的……"

"噢，我真是太幸运了！"埃曼纽尔忽然叫道，接着走到汉姗跟前，摸着她的头，说道，"在罪恶城所多玛里，人们每天都要和死亡抗争，上帝带领我脱离那个城池，我一辈子都要感激他的恩赐。在这儿事物完全不一样，一切都是本来面貌，这里处处春意盎然，清晨清新亮丽，还能听到云雀在唱歌。人们都用自己的才能，贡献力量来建造真理和正义的世界，这真是太美好了！想起我往日的境况，我现在似乎变成了新人，以前的糟粕通通不见了。我亲爱的妻子，幸福来临，我首先感谢的是上帝，然后要特别感谢你！啊，你脸红了，害羞了，不过事实便是这样，你是我的公主，失去你，我不可能赢得我的半个王国！"

3

第二天清晨，汉姍鼓起勇气，仍然坚持着让丈夫去请医生来为孩子看病。

开始的时候埃曼纽尔差点要发怒了，他指责妻子不相信上帝，除了不停的焦虑就不能做些其他的好事了。一想到她宁愿相信别人，也不相信上帝他就觉得生气。

埃曼纽尔信心满满地讲着大道理，声调悲伤，这让汉姍觉得愧疚，便忍不住流下眼泪。

埃曼纽尔一看到妻子痛哭，那颗心马上变软了，立刻走上前来亲吻她。不过这样的举动似乎让事情变得糟糕，汉姍更绝望地哭着，还躲开了丈夫的亲吻。

他非常惊讶，他很少看到她表现出这样激烈的情绪。自从两人订婚开始，他就很少见过妻子流泪。订婚的晚上她流泪了，不过那泪水是情不自禁、深情款款的，那泪是表达她对丈夫的爱意——想到那晚美好的场景，埃曼纽尔的心就软了，他温柔地抱着汉姍，怜爱地摸着她的头发和脸。

"但是，亲爱的，我的宝贝啊，要是我知道我的言语会让你如此难过，我刚才肯定不会这样说的。我不是存心让你伤心的，而且你也知道事情的经过。你可以让哈辛医生来一趟，看看他如何诊断，这如果能让你的情绪好些的话，我肯定不会反对你的。我让尼尔思马上准备车子，待会就去接医生过来。"

一刻钟之后，汉姗听到马车经过拱门出去的声音，于是她和阿比侬开始整理房间，以便迎接医生的到来。她第一次这样无比期望一位陌生人来到自己的家中，她明白，这个陌生人也许会不太友善，也许会对她家中的东西嗤之以鼻。她们在大房间中洒了水，并认真清理了一番，还将凳子和桌子上的灰尘擦得干干净净。其实，除了这些也就没什么可打扫的了。卧室中的床上被她们铺上了干净整洁的亚麻床单，她把在院子里玩的小戴格妮和希果丽带到房中打扮得漂漂亮亮。她甚至想给两个孩子穿上周末才有机会穿的衣服，不过要真打扮得这样隆重，埃曼纽尔肯定会生气的，所以汉姗便只把孩子们的脸擦洗干净，穿好围兜就作罢了。即使这样她也觉得很满足。至丁雷蒂，她什么都不能做。昨夜后半夜的时间他睡得很安稳，现在他还在沉沉地睡着，汉姗不愿意吵醒他。

她觉得埃曼纽尔也应当好好打扮一下，不过当她看到丈夫经过院子时，身上穿的是那件工作衫，脚上穿的还是那双又大又笨重的靴子时，心想不过是请个大夫来为孩子诊断，要求他换衣服，这绝对是在浪费时间，他肯定不会答应，因此她只能自我安慰：今天是礼拜一，他身上穿的工作服和靴子还算干净。

埃曼纽尔明确地表示他不想在他的房间里接待那位大夫，其原因是：他一直讨厌医生这个职业，他认为这个社会太重视医生，导致大家觉得医生很重要；现代社会里受过高等教育的人士渐渐生活放荡，他觉得他们生活习惯的变化和大家过分地依赖医生这个行业有关。人们动不动就找医生，大病小病都会让药剂师帮忙，几乎到了盲目依赖的程度，这对他们的身心发展是不利的。不少人都有这样的想法，他们觉得身体和精神的伤痛，可以用医药来缓解。因此他们不会用真正有用的治疗方法——节俭，节俭与保持运动对一个人的健康来说是十分重要的。除去这些，还有一个原因是他不想看到哈辛大夫。哈辛大夫不在他的朋友圈内，有时候遇到有人生病或者垂死时，他们总是要碰面的。埃曼纽尔对于社会形式的拘束非常反感，而哈辛大夫保养得非常好，一直保持着整齐的步伐，就连说话的强调都很有形式。这些都让埃曼纽尔觉得他在同拘泥的旧社会形式打交道，因此很反感。

在这样的情况下，他被迫想到了过去一些与他相识的人。然而时间太久，他已经把往日所有悲痛的回忆都深深地埋藏在了心底，他不愿意再想起，也不愿让那悲伤痛苦的记忆重新被唤醒。

最后的原因便是这个地方的人都不太喜欢哈辛大夫。他们觉得哈辛大夫的医术非常平庸，他最喜欢收集一些艺术品，他身边布满各式各样的艺术品。他还喜欢建造别墅，举办舞会，还有每年都会去国外旅游。反正，他凭借丰厚的个人财产，过着舒适的生活，而不是努力行医。

所以，有了这些理由，埃曼纽尔答应汉姗请哈辛大夫来为儿子雷蒂看病，当然是做了不小的让步的。他坚信雷蒂的身体是健康的，如果不信的话，那简直就是不信上帝了。因此他多多少少有些不高兴，这天他没有像平时那样有精神地去喂马，也没将干草拿出来。另外，昨晚刮的大风损坏了一些器具，这让他觉得更加烦躁。

必须承认的是，昔日牧师公馆虽然非常富丽堂皇，但是现在有些地方已经渐渐被损坏了。埃曼纽尔来到这儿时，当时农产品价格下降，大家要求改良的呼声很高，那时候农耕事业发展得十分不顺利，除去这些，他一直很倒霉。他的牲口接连出事，而且在饲养和用新方法施肥方面他的尝试并不成功。他本来想利用新方法提升农民的收益进而进行推广，而且他的日常花销比较大，尽管他母亲给他留了一笔丰厚的遗产，他工作也非常认真，每天五点就去马厩干活，但是由于种种原因，他的工作仍然做得很糟。

为了实现自己的理想，事情在最后才成这样。他是一位牧师，除了使用牧师公馆和他应有的土地，他没有接收任何别的酬劳。为了做到"朋友"之间财富共享，他依靠土地收入养活自己，只要从事救济活动，他就会要求农民们将他们的税收和捐款交给贫穷赈灾基金会。郊区的会众中假如有人需要赈灾款，那么就可以从基金会中拿出款项赈灾。这里面起关键作用的就是他了，他就像值得信赖和尊重的执事巡视员一样。不过相对牧师，埃曼纽尔更希望大家将他当成一名普通的农夫。他常常自称自己是大家的"教堂服务员"，他也非常喜欢这个称呼。就像他说的，"尊贵的牧师先生"和"牧师阁下"这类很累赘的尊称很快就会被他的自称取代。

4

上午十点，尼尔思便将医生给请来了，医生坐在车子的后面，他自己带了摇椅坐着，身上穿着皮大衣，手上戴着一副棕色的手套。他下了车之后，埃曼纽尔很拘谨，很不自然地同他握手，接着便一言不发地上楼梯。在门厅那儿，医生脱下他的外衣，露出里面穿着的黑色衣服，衣服上装饰了一枚镶着钻石的别针。他大概四十岁的样子，体态保养得很好，长得轮廓分明，样貌英俊，外带着一丁点胡须。很显然他从一开始就在尽量地低调，不让自己对埃曼纽尔这奇怪的工作服表示出任何一点惊讶，而且在进入会堂后，他也极力装作对里面的东西不太在意的模样。他很小心地让自己不表现出任何一点的好奇和失态，为此，他还特意将他那副夹鼻的金框眼镜从他那高挺的鼻梁上拿下，让自己以一副平稳的心态、没有拘束的姿态说话：

"啊，我们先去瞧瞧小孩吧。"

"正是我太太的要求，她想让你瞧瞧我儿子的情况。"埃曼纽尔说道，大夫的口气多多少少让他觉得被伤害了自尊。

"我自己倒没有觉得情况多么严重，也许是这个季节最常见的感冒伤风吧！"

"噢，瞧一瞧就知道了。"

当大夫走进卧房的时候，汉姗正从孩子床边的椅子上站起。大夫在门口处停了片刻，这次他没能掩饰心中的惊讶。人们常常谈到的未尔必牧师的夫人，人们谣传的或者他自己想象的形象，同眼前真实看见的女士显然差距很大。

他走进屋里同她握手，心中猛然间涌出一种同情的感觉，说道："夫人的孩子病了，但愿他没什么大碍……你先生觉得他只是寻常感冒而已。"

孩子还没醒来，医生搬过一把椅子坐在床边，他把袖子上的大袖罩摘下，接着用他那白皙修长的手摸雷蒂的头和脉搏，雷蒂依旧在沉睡中，直到医生摸到盖住有问题的耳朵的棉絮时，他才缓缓醒来。只见他一动不动地躺着，呆呆地望着眼前的陌生人。当他看到床边的妈妈时，神志才完全清醒。他又瞧了瞧那位不认识的医生，看到他穿着黑色衣服，胸前别着钻石别针，一说话就露出又白又大的牙齿，他似乎明白发生了什么事，蓝色的眼瞳中瞬间出现恐惧的神色。

汉姗小心翼翼地将他扶起来，让他坐在床上，用一种轻松的语气说：

"我的孩子啊，不要怕，他是医生，是来为你看耳朵的。耳朵痛总是让你难受，很讨厌的，这位医生是个好人，他会帮你把耳朵治好的。"

这孩子似乎明白了母亲的话。他把嘴巴张得老大，默默地流出了眼泪。不过当他发现父亲就站在床尾的时候，他连忙将泪水收了回去。他好像知道，在不认识的人面前，必须显出自己不畏惧和勇敢的品质，那样父亲才会感到高兴和骄傲。之后，医生开始检查那只有问题的耳朵，当他拿开那团棉絮的时候，耳朵中流出了一些恶臭刺鼻的液体。

医生露出一副难以置信的神色，问道："这样的情况有多长时间了？"

汉姗回答道："陆陆续续已经有两年了！"

医生猛然抬起头，似乎耳朵听到了难以置信的话。

"两年了？"

"没错。"

他看了埃曼纽尔一下，但是埃曼纽尔误会了医生的意思，只是默默地点了点头，表示他夫人说得是对的。

汉姗此时开始对医生讲述这毛病反复发作时的具体情况，还有昨天晚上那惊恐的情形。医生认真地听着，但是他显然有心事。当她说完的时候，医生要了一支蜡烛，拿着蜡烛在孩子的眼前晃来晃去，接着用手托着孩子的后脑，仔细地检查耳后根的情况。因为初期肿瘤，耳后根的皮肤已经开始肿胀。

直到此刻，埃曼纽尔仍然站在床脚边沉默无语，他将双手放在后背，默默地站着。他暗暗下定决心，这一次就让汉姗照她自己的心意去办事。当他看到孩子坐在床上，眼中含着泪水，极力忍住疼痛和惧怕，保持镇定时，虽然他很为孩子担心难过，但是在医生为孩子检查的时候，他控制自己不去干预医生的下一步举动。

不过当医生拿出医疗箱，从里面拿出不少顶部尖锐的医疗器具时，他终于没能沉住气，脱口问道：

"必须要用这种东西吗？"他的语气中带了几分挑衅的意思，不过医生还能忍受他这种口气。

医生惊讶地抬起头，说道："没错。"他简短地回答着，准备做一次手术，让埃曼纽尔夫妻准备毛巾、热水还有别的工具。埃曼纽尔犹豫再三,站着没动。他真的得协助这个医生对他的孩子动刀吗？这简直就是对孩子的伤害啊。雷蒂一看到那些尖锐的医疗器具时脸色变得苍白，神情中似乎在向父母求救。埃曼纽尔几乎不敢看他的眼神，但是当他看到汉姗在尽力帮助医生，做好准备让孩子进行手术时，妻子冷酷地将孩子的性命让这个骗子医生来处理让他觉得更加难过。

接着，医生拿着一根尖锐细长的银针走过来，看到这一幕，雷蒂终于快被吓死了，他赶紧藏到母亲怀中。埃曼纽尔退出房间，他不愿意看到对孩子摧残和虐待的场面，汉姗必须对自己做的事情负责。

他走到客厅，但是在那儿他还是可以听到儿子那肝肠寸断的尖叫声，他继续向前，走进自己的卧房，焦急地来回踱步，想让自己不再听到雷蒂痛苦的叫声。他心里乱成一团，激动又紧张。他不明白汉姗的做法，他认为就好似在自己的地盘中被别人放在不起眼的黑暗角落，可耻地被自己最信赖最不会怀疑的人给出卖了。

差不多十五分钟后，他听到客厅有人在说话，他走出来，看到那位医生正在拿着帽子叮嘱汉姗，他一出来，医生便马上告辞了。

埃曼纽尔一直跟在医生的后面，走廊上医生忽然说："我觉得你真的是高估了令郎的情况，你夫人在场我并未特别详细地说明，不过我觉得不应当瞒着你，我有责任跟你说清楚，他的病情有些严重。因为长时间的积累，发炎肿胀已经硬化，引起了他耳痛的毛病，而且我很怕这种情况是恶性的。非常不幸，因为你们并未及早关注，它已经遍布耳朵内部所有的管道了。目前我无法确认这种病情会如何发展，但是因为最近病情恶化了，我们必须防范危机的发生。刚刚我已经竭尽所能为孩子治疗，我将骨膜穿刺让那恶臭的液体能够自由地流出，我也交代下去给孩子的脚涂抹酵素，还要给他包扎冷绷减少头部的压力……我所有能做的都做了，接下来的事情便是让你的孩子尽可能地在安静的环境中不被骚扰，然后看看肿胀会怎么变化。睡觉时如果有一点点恶化的可能，如果发生痉挛那就更严重了，你们要马上去叫我。我们必须不惜一切代价来防范这恶疾和随之而来的发烧。"

5

那位医生无比肯定坚决的口气，还有对雷蒂病情确定的诊断，肯定会对埃曼纽尔产生影响的。等医生驾车离开后，他连忙回到卧房，看到雷蒂正面朝上躺着，头上包着纱布，很明显，他的神态中满是惊奇。

直到看到爸爸，雷蒂才笑起来。当埃曼纽尔小心翼翼地坐在床边问他感觉怎样时，他自己轻松地坐了起来，没有让任何人帮忙。他用一种郑重的表情对父亲说医生为自己治疗的经过。

"但是这些情况到底意味着什么？"当汉姗带着两个女儿从厨房走来的时候，埃曼纽尔转身大声问她，"雷蒂看上去活泼可爱，很正常啊！医生说的发烧和痉挛，还有什么乱七八糟的一大堆，是什么意思呢？我看是胡说八道！"

"医生这样说过吗？"汉姗忽然停了下来，问他。

"没错，"他接着说道，"不过一般医生都是这个样子，他们只需把人们糊弄得七荤八素就行了。是谁来了啊？"忽然他听到大厅外传来沉重的脚步声和拐杖打击地面的声音。没过多久，一个身体硬朗的老太太出现在卧室门口。

"哎呀，外婆，外婆来了。"埃曼纽尔的几个宝贝孩子激动地一起大喊，同时向她伸出双臂。

"没错，是我来了！"外婆用一种童真的语调说话，一边向大家点头笑着，"我在司徒氏家中听说你们今天请金登禄赛的那位医生过来。我恰好上午来磨坊，反正不用花费什么力气，就顺便过来看看，想知道究竟是什么情况。"

"哎哟，天主保佑，但愿所有这些一惊一乍的事情最后都是平平安安的虚惊一场。雷蒂那耳朵的毛病昨晚又犯了，汉姗她担心得不得了，因此就把医生请来给他看看。"

"感谢真主，上帝保佑！这么说的话就是没什么大碍了。我和你爸爸可真是吓到了，你们知道的，我们一向不习惯请医生的。"

她将绿色亚麻斗篷上的银扣解下，取下包头的头巾，然后用手指抚平灰色的长发。这老人头巾下方的头发还是一如既往的厚实。她头上戴着边沿系着红色带子的头巾，头巾上绣着金丝的装饰。这些年来她越发地胖了，手脚都有些浮肿，没有拐杖她完全没有法子出去活动。

"哎呀，你们觉得孩子生了病，必须去请医生啊！"她一边说一边坐在床边的椅子上，认真地看着雷蒂。雷蒂看到他外婆来看他十分高兴，看见她放在膝盖那的手帕包着的包袱就更开心，他知道那是外婆带给他的礼物，一想到这他的脸色变得好了起来，心情也轻松快乐。"我敢保证雷蒂的耳朵只是个小问题，你啊，还是这样的笨，汉姗一向小题大做，而你则像个哥本哈根人，只要有点咳嗽的小毛病，都要马上去找医生开药。现在雷蒂如果头上没有这些乱七八糟的绷带，那绝对是个漂亮完好的小孩呢。"

汉姗正坐在床边给孩子喂奶，听到这句话连忙解释。

"但是医生说他的情况不容乐观，还告诉我们应该早些让他来看病的。"虽然汉姗自己也有些动摇，孩子那快乐活泼的模样和别人事不关己的态度，让她怀疑自己的坚持和操心是否是必要的。

"哦,是那个医生啊。"她的母亲笑着抚摸着希果丽。希果丽正在外婆的身上撒娇,眼睛滴溜溜地盯着外婆膝盖上放着的包裹。

"假如每件事都如那些人说的那样严重,我们很早以前就已经死了。"

"前些日子,佩尔·倍森家丢了一根针,他们以为是小女儿误食了那枚针,于是就请了医生。医生用生麦团和马铃薯塞住她的嘴,把那孩子的喉咙卡得几乎要窒息而死了,结果大家发现,那根针居然插在她奶奶的针线上。上帝啊,假如他们没找到那枚针可会怎样呢?"

汉姗低声辩解道:"但是那并不能怪医生啊。"

"没错,只是可能而已,那么再说说那位赛仁·塞勒医生吧。在未尔来甫医生的时代里,人们觉得他的医术和操守要远胜现在的这个什么哈辛医生。未尔来甫医生断定塞仁就要死了,唉,他的家人还心急如焚地准备分割财产,列出财产清单之后就整理房间,打算举办丧礼的。哎,也许他们估计连棺材都买了。结果呢,过了三天,塞仁还是没死,跟往常一样身体硬朗,拿着烟斗到处散步,到现在快九十岁高寿了,身体还是不错。对这件事你们有什么看法?不要太信赖那些所谓的名医了,不要真的觉得他们有多大的能耐,可以起死回生。这些生死的事情本来就是上帝管的,如果医生们不乱看病,估计那些悲惨的事情也会少一些了。"

"没错,很有道理,这也是我所想的。"埃曼纽尔边说边背着手来回踱步。

"我们应该相信那些古老的有用的东西,那些医生的一套玩意儿的不应该相信，我这个顽固派就是这样想的，什么药丸啊，硬往患者嘴里塞，最后指不定就把人给噎死了。不管我怎样，我都会随身携带着济众水和万金油之类的东西。如果哪天我忽然拉肚子，忽然发烧，没人照料的时候我可以自救。所以我在马仁·奈连那里要了一些止痛油。这种油对于流脓和止疼非常有效。"她一边说一边打开膝盖上的包裹，从里面拿出好几包散发着药味的东西。最后她从里面拿出三个粉色的糖猪，分别给三个孩子。雷蒂露出害羞的笑容，接过他的糖猪，他在表达感谢的时候，一般都会露出这样腼腆的笑，而希果丽一把抓过她的那只糖猪跑了出去。

"啊，母亲家中的事情是否都很好呢？"埃曼纽尔注意到汉姗那个模样，于是想转移话题。汉姗此刻的表情流露出她为自己的执拗在后悔。埃曼纽尔在心里为她感到难受，继续说道："我们的爸爸那晚在集会上的演讲简直是完美的，他老人家一定非常开心吧？所有人都觉得那个时刻太有纪念意义了，让人难忘。"

"嗨，那当然了，他像个孩子一样高兴。他之前完全没有料到自己会上台演讲的。不过他得感谢上帝，竟然让他在年迈之时还能发挥用武之地。更让人欣慰的是，在上台演讲时，他竟然让讲出了一番让大家都觉得有道理的话。这样的幸运足够让一个年迈苍苍的人感到开心和慰藉了。"

阿比侬出现在门口打断了众人的交谈，她告诉他们已经备好了午饭。老人家站起来说要回去，埃曼纽尔尝试着劝说她一起在家吃个午饭。不过她已经事先答应了回到磨坊的时候同克利斯顿·汉生相见，此刻汉生应该在等着她，她得走了。

"我必须回去了，你爸爸也应当安静地休息了。他一直觉得问题有点儿糟糕呢。"老人拿着外套放在手臂上，把头巾重新包好。走到门口的时候又转身冲着雷蒂点了点头，笑着说："雷蒂，记得哦，星期天来外婆家，外婆家的红牛如果生了小牛，外婆就给你做最美味的新鲜牛奶饼，呵呵。"

接着她又对埃曼纽尔说道："你爸爸用低得离谱的价格卖了那头有斑纹的牛。"

6

棕色的油桌布铺在长桌之上，午餐是半条黑面包，两碗冒着热气的包心菜和一些烤肉，一小碟粗盐和一瓶用木栓塞住瓶口的热水。埃曼纽尔坐在桌子的上座，他左边的窗户下坐着牧牛工人老赛仁和尼尔思。塞仁全身上下大大小小的关节非常突出，他头部的上颚和下颚非常硕大。他下巴处和喉结突出的脖子上半边，因为有浓密而短硬的黑胡须，显得非常黑。他长着一个红鼻子，那黄色的额头前长着一撮乱糟糟的头发，看上去就像蒙着一层灰一样脏。不过长得最怪异的还是他那对又大又扁的耳朵，耳朵上布满伤痕，颜色和形状都像一对蝙蝠的翅膀。

汉姗和孩子还有阿比侬坐在桌子另外一侧。除了他们几个人之外，还有街上的两个流浪小孩和一个矮个子的老婆婆一起吃饭。那老婆婆的眼睛上戴着绿色的遮眼布。几乎所有的贫苦人都是这样一种装扮，这两个孩子是没有受到邀请的，让人觉得有些难以接受的是，他们居然像是这个家里的主人一样自在。雷蒂待他的外婆离开后，便立刻躺下继续休息，睡着了居然还不忘抱着糖猪。

吃饭前，大家都纷纷低下头，交叉着双手，接着埃曼纽尔便开始高声诵读每日饭前的感恩祈祷：

因为耶稣基督我们坐在这儿，
以饮食让大家融为一体，
以上帝为荣拯救我们的灵魂，
我们一辈子感激上帝赐予的食物。

他们齐声说道："阿门！"那位戴着眼罩的老婆婆继续说道："希望上帝赐予我们温饱。"

开始的时候他们都在默默地吃饭，整个过程只能听到角制的汤勺摩擦碗盘的时候发出的声音，还有嘴巴咀嚼食物和喝汤的声音。塞仁发出的声音最大，只见他左手拿着一大块烤好的猪肉，一边吃肉，一边喝汤。他总是先蘸一点盐，再吃一口肉，而他每次舀起来的汤几乎都有满满一勺。甚至连埃曼纽尔都在不停地看着碗里的菜和汤，他太饿了，感觉食欲非常好，想吃得饱饱的。这样好的食欲就像是做过很多苦力活一样，也像一个很久没有吃饱饭的营养不良的人一样。而尼尔思恰恰相反，他的注意力不在食物上，他的心思今天都放在写作的灵感和构思上。他呆呆地坐着，将手臂搁在桌上，弓着背，缓缓地移动勺子，送出自己的嘴巴，如此反反复复地来回做着重复的动作。他的那对小眼睛则悄悄地看着埃曼纽尔，又看着阿比侬，最后定格到埃曼纽尔身上，好似在期望着他能够说起自己最近写的新文章。

不过埃曼纽尔在想着其他的事情。他打算下午去斯奇倍莱瞧瞧那边是否有新的关于国会政治圈的消息。最近他觉得待在家中一点也不安静，外面谣言四起，让人觉得很不安。起初有人谣传国王已经差人请人民党的主席了，接着又有人传说，如今的执政党孤注一掷，决心违背人民的利益。在以后的日子里他们为了达到自己的目的，不惜利用政权打败法律。三月三十一号是今年会计年度的最后一日，就快来临。大家谣传这一天可能会成为一个不平凡的日子，将会迎来新的时代。

"你们有没有人听到从哥本哈根那边传来的最新消息？"吃完饭后他就开始发问，"塞仁，你听说了什么吗？你对那些政治圈的事情一向都很灵通的！"

"啊，我也只是听别人瞎说，三言两语而已。"塞仁边吃饭边用包着食物的嘴含糊地说着。他扬着眉毛，极力表现出一副应对自如、彬彬有礼的样子。因为他的叔叔在国会中工作，所以他在朋友中常常被视为是对政坛的消息和一些内幕最了解的人。"大家想想，国会正在打算改朝换代，说不定咱们这群选举人中，没几天就会被他们邀请去出席以施洗命名的礼仪呢！""你是说国会要改朝换代，要重新选举吗？你觉得政府部门还会这么做吗？这样做对他们有半点好处吗？"

"噢，那倒不是，你误会了。但是工人们取得自己的发言权是迟早的事。"

"塞仁，这句话你说得不错。他们不会那样做了。很早以前工人们就应该有独立自主的发言权，如此，痛苦和辛酸就会从这个世界上消失，大家是否已经吃饱了？"他忽然这样问道，因为他见众人都吃好了，就连塞仁也没有继续吃下去，塞仁最后用舌头舔了一下汤勺，再用拇指将汤勺擦干净，最后才将勺子放下。埃曼纽尔又说了句简单的祷告词，接着大家便离席而去了。

与往常一样，埃曼纽尔饭后回到他的房中，靠在铺着油布的沙发上，用他高中时代的话来解释，就是准备去斯奇倍莱之前"午睡一下，与周公梦中相会"。

塞仁边思索着边迈着沉着的步子，穿越院子去了谷仓。不论春夏秋冬，他都会在谷仓里，靠在稻草上睡个午觉。他睡觉的时候鼾声特别大，几乎要把谷仓里的小猫、小狗给吓跑。

尼尔思回到房间中，他的房间位于马厩旁边，外面漆着白色的油漆，他尽可能把自己的房间布置得像一间书房。他把窗户边上的洗手台改装成了书桌，在书架上摆放着装订得非常精致的书，他将一排烟斗按照大小整整齐齐地摆在墙边，看上去特别有次序。床上挂的是裱好的山丁吉高中的相片，那是一群老师和学生站在满是常春藤的校门下合影的图片。图片中老校长站在中间，他有一张圆溜溜的脸，耳朵旁长着很浓的鬓发，头上戴着一顶非常大的帽子。图片的下方写着一行正楷小字，表达对于即将离开的学子们的勉励：

必须内心存有戒心，必须心存善念。

尼尔思把烟丝装进最长的那个烟斗中，将烟丝筒放回原来搁放这个烟斗的窗台上，接着一屁股坐在桌前，将两腿向前一蹬，便开始抽烟。他的动作依着这样保持着，没过多久房间内已经是烟雾缭绕。他小心翼翼地拿出报纸开始认真朗读……

乡下的一周

——给年轻人的建议

今天我要说一下乡下周末的一些趣闻。一般来说青年人应该有很高的理想和情怀，不过在乡下，大家是明白的，不少青年，嗯，年轻的小姐也是一样，他们却将周末下午的美好时间还有平时辛苦工作之余的休息时间随意浪费，虚度光阴，全是在做一些对社会没什么用处的事情。比如在公共场合、人多的地方投九注球，他们有些是为了赌一把赢点钱，有些是为了喝酒比酒量，总之都浪费了珍贵的时间。结果大家可以想象，男人们喝醉了在发酒疯，衣衫凌乱，步伐轻浮，四处乱窜，就好像疯了的野兽一样。这样的景象真是让人惊心，让人觉得悲哀。不但这样，他们还喜欢做一些很无耻的龌龊事情。年轻人做这样的事肯定会让有心人士感到非常生气，因为他们觉得，年轻人应当将视野放在高尚的事情上，并且努力向着目标奋斗，尤其是在全国各地都在宣扬自由，号召人人都为了权利和自由而奋斗之时，年轻人应该奋发向上，打头阵呀。在这里我们看到的都是荒废光阴的年轻人，他们这样地颓废不堪，实在不是追求自由的人应该做的事，真的感谢我们这个地方有老师们的悉心教导和领袖们的正确领导。不过这种奢靡颓废在别的不少地方也很常见，因此我真诚地期望所有的年轻人，可以团结在一起，为了使黑暗被我们的精神所战胜而努力，期待终有一天我们可以与诗人们一起吟唱：

"啊，希望所有众神的赐福都被引入真善美的光明之地！"

任你调遣的 N·尼尔思·但嘉德执笔

一八八五年，三月一日写于未尔必牧师公馆

7

埃曼纽尔从斯奇倍莱那儿离开回到家中时，差不多到了晚睡的时候，雷蒂仍然在睡梦之中，下午他也没有醒过。

他对汉姗说道："你可没看到，他这样的聪明，晚上睡一觉就没事了，明早你就可以看到他活蹦乱跳一点事也没有了！"

汉姗并未说话，她一点也不同意丈夫这样乐观的说法。雷蒂沉睡了这么久，她认为很反常。这样的反常让她想到她的好友安妮的弟弟。想到这儿，她觉得非常地恐惧和担忧。在她还未出阁之时，安妮的弟弟因为脑子生病而夭折，在他生病的时候她曾经照顾过那孩子。下午她曾三番五次地要叫醒雷蒂，让他起床吃些点心，但是那个孩子根本叫不醒，唯有一次他迷迷糊糊醒了，用一种异样和呆滞的眼神看着她，他完全没有胃口，只是喝了一两次水而已，接着便倒头大睡。

半夜时分，她和丈夫被一种奇怪的声音吵醒，两人听这声响似乎是厨房里有人在翻东西。忽然之间，汉姗知道了，那声音是雷蒂不停翻身导致床板发出的响动。

她叫喊："是雷蒂难受翻身发出的声音，快点把长夜灯点亮。"

埃曼纽尔点亮火柴，火柴光映照着雷蒂不停地在空中挥舞的手臂，汉姗马上下床跑到雷蒂的身边，挪开他头上的枕头，将他的双手按下来放好，只见雷蒂一直在不停地颤抖。

埃曼纽尔此刻已经将长夜灯点亮，他不知道发生了什么，起初他以为雷蒂只是在玩耍而已，接着他看见汉姗摘下她头上的簪子，将圆头的那一段狠狠地放在雷蒂嘴里，他忍不住大喊：

"上帝，汉姗你可否告诉我你究竟在做什么，雷蒂究竟怎么了？"

此刻油灯的火焰刚好燃得非常旺盛，灯光照耀的场景一清二楚。他看见雷蒂的脸色黑暗无比，牙齿紧咬，正吐着白沫，他忽然想到早上医生说的话，忍不住问道："汉姗，他不会是在，在痉挛吧？"

她点头不语。

"你必须请医生了，"埃曼纽尔呆呆地站着没动，汉姗便催促道，"你得立马去了，雷蒂的情况太严重了。"

他惊讶无比，神色恍惚，连忙说道："好，马上去。"他乍然醒悟，慌慌张张穿上衣服，穿越漆黑的房间去让仆人起床。当看到尼尔思房间还有灯光的时候，他远远便开始大喊：

"快点起来！尼尔思！"

他的声音带着颤抖，听上去就像在求救。他还没有走过庭院，尼尔思已经推开门站在了门口。只见他穿着贴身内衣裤，手上拿着一本书，正抽着一支很长的烟斗，他的脸上充满了惊惧的神色。

"尼尔思，你快点去备马车，去把医生找来，雷蒂的情况很不好。"

"现在去找医生？"尼尔思诧异地向脸色忧郁的埃曼纽尔问道。

"但是这么晚了，天太黑了，根本就看不到路，这样出去的话……"

"没办法，必须去找医生，你必须把赛仁也叫起来，让他提着灯同你一起去……没关系，老马知道该走什么样的路。"

"嗯，不过，不过。"他还想再说点什么，却被埃曼纽尔的话给中断："务必按照我所说的去办，不要再问什么了，不要浪费时间来反驳我了！"他大吼，今晚他的情绪这样地暴躁，这样地突然，令尼尔思诧异得不知该去说些什么。"我刚才说的话你听不懂吗？雷蒂病得很严重，必须现在去把医生请来，不能耽误。马上去把赛仁叫醒，让他跟你一起去，马上去，不要耽误时间了。"

他接着回到卧室。汉姗依旧紧握雷蒂的手臂，弯着腰躬身在床边。

"我是否应该让人去叫你的妈妈？这样是不是对你好一些，你认为呢？"

"没有必要，那一点用处也没有，不过你得叫醒阿比侬，让她用那个新的大锅烧热水。"

"好的，好的。"

他在厨房遇见阿比侬，阿比侬刚刚被这吵闹的声音给弄醒，起床想看个究竟。她身上只穿着衬裙，一手拿着蜡烛，一手扯着睡衣遮着胸部。

"雷蒂还好吗？"她问道，带着惊恐的神色。

"不，变得很糟，你必须马上用那口新大锅烧开水，越快越好。"

"他的病情很严重吗？"

"没错，你刚刚没听到吗？动作快点，"他用一种不容辩驳的专断口吻说着，"越快越好。"

他再回到卧室的时候雷蒂终于不再痉挛，如同什么事情也没发生过一样陷入了沉睡。汉姗加了一件外套在他的身上，坐在床边守护着他。她双手托着下巴，手肘放在膝盖上，正一动不动地看着孩子。她神色僵硬，看上去很不高兴。一旦她内心深处的感情激烈，情绪极其波动的时候，往往会露出这种神色。

"汉姗，你知不知道到底怎么了啊，雷蒂这样的情况，你知道吗？中午的时候我去斯奇倍莱那儿时，他还很好的，一点事也没有，但是现在怎么这样了？你觉得这是什么造成的呢？"

"我也不知道！"她说，接着又问道，"叫醒尼尔思了吗？"她一直将这件事放在心里，只是苦于不敢追问埃曼纽尔，此刻他对她所说的终于让她再次想到心中记挂的，于是便问道。

"叫醒了，他肯定备好车子要去叫医生了。"

正在此刻，雷蒂的肩膀和手臂又在不停地抽搐，他的手紧紧地握成拳头，眼皮一翻，眼睛睁得老大，看情况应该是又要痉挛发作了。

埃曼纽尔不愿再看到这幅凄惨的画面，于是转身穿越黑漆漆的房间来到楼梯口，当他看见赛仁和尼尔思还在马厩中翻翻找找的时候，他怒火冲天忍不住大声吼叫："上帝，万能的主啊，你们居然还在这里慢悠悠地摸索，等到你们出发，还得花多少时间？尼尔思，你必须马上去叫医生，雷蒂痉挛，病情很不好。"

接下来的时间里雷蒂的病情越发厉害了，就算是连续热敷，仍然无法延缓痉挛的时间，然而每一次的持续时间都会变长一些，这样严重的情况让雷蒂的整个脸都变成了黑色，虽然埃曼纽尔夫妻在防止雷蒂痉挛时咬到舌头，但是有一次发作时他仍然咬到了，血从嘴角处流了出来。

对埃曼纽尔来说，雷蒂得了这样严重的病，是让人惊骇而且无法接受的事情。忽然遭遇到这样的变故，让他绝望和无助，他必须消耗所有的坚强和意志才能支撑自己不让情绪坍塌。他并没有完全绝望，他还在安慰自己这病也许很快就会好，他告诉汉姗有些儿童有时候得一些小毛病也会有痉挛的症状。他一直陪着汉姗照顾孩子，但是时间飞逝，情况越发糟糕，他感觉已经失去了信心和勇气，如今他只能指望医生快点来救救这个孩子了。医生来这里应该还得一些时间，但是只要一听到屋外有任何的声音，他都会急急忙忙跑出去看个究竟，他期待是马车来了。四小时后他抓起帽子就要发狂了。

他担心尼尔思在途中遇到什么情况，也许医生不在家也说不定，想到这他再也坐不住了。如果不是他猜的这些情况，为何他们现在还没来呢？按理说应该早就将医生接到了。他不明白发生了什么事，他只能站在楼梯上，侧耳倾听外面的任何响动，但是外面静悄悄的，就连树叶落下的声音都能听到。他绕过小山形状的墙边，穿越草木繁茂的园子走到土丘上。白天那儿可以朝下看到通向金登禄赛的道路，他在漆黑的夜色中向下俯瞰，一颗心紧张得直跳，只希望能够看到马车上的灯光，然而天地间漆黑一片，一点光明也看不见，更不要说是医生的影子了。

忽然之间，他感觉到光明无法穿透黑暗，这样冷漠无比、无法打破的寂静让他情绪简直要崩溃了。好似一个人忽然发现地下裂出了一个大口子，要将他吞没一般，他双手按着自己的额头，反复呢喃着："唉，这真是恐怖极了……"

医生来的时候已经快天亮了。由于在来的路上出了事，导使他们在路上耽误了好几个小时。尼尔思驾车不慎掉入壕沟之中，偏偏那个壕沟很深，他们两人无法将车搬上来，于是只能去附近叫醒几个居民，一块儿将沟里的车子弄出来。

医生一看见雷蒂，立即喂他吃了一包麝香。服用之后似乎马上有了效果，那僵硬的四肢也软了下来。雷蒂闭上眼，终于睡着了。

接下来的几分钟，大家都围在床边，谁都没有说话，只是盯着孩子那因痛苦变得扭曲，然后缓缓恢复平常时日会露出的表情。大家都没有勇气最先开口，这寂静无比的气氛令人非常紧张。可能是由于房屋看上去像个坟墓，房中的灯光看上去非常诡异，每个人的神色在灯光的照耀下都好似着了魔一般。桌上的油灯眼看就要熄灭了，惨淡的灯光映照着每一个人的脸，屋外已经微微可以看到曙光了，在那淡白色的光芒之中，窗户架子的影子看上去依稀就像一个十字架。离天亮还有一个钟头的样子，埃曼纽尔眼看着孩子这样痛苦地挣扎着，几乎要疯了。他发狂似的死死地捏着汉姗的手，似乎是想借着这样的举动鼓足勇气问问医生情况。最后那一个钟头里他一直徘徊着，犹豫着，颤抖着，却不敢问这样的问题，最后他终于决定问问医生雷蒂的情况了。

哈辛医生偷偷看了一下他和他的妻子，似乎是在考虑应该如何来说实际的情况。"嗯，事实是这样的，"他说道，语气听起来有些勉强，似乎很不情愿，"你儿子现在的情况很严重，我想我不应当再隐瞒了。他……"

"但是他的身体一直都很强壮，"埃曼纽尔急匆匆地中断医生的话解释道，似乎在反驳医生的说法，"他只是有时候会耳朵痛，其他的情况都相当正常，除了这些，我和我的夫人身体也非常好，绝对不会遗传给他什么不好的缺陷。"

医生看到埃曼纽尔的模样，金框眼镜后终于露出怜悯的神色，感慨道："嗯，你说得没错。"他悠悠道来，不敢直视埃曼纽尔期盼而虎视眈眈的神情。埃曼纽尔这样的逼视分明是想让他说出孩子身体仍然健康的话。"没错，好的身体能够让大家多一点希望。"

就像医生预测的，接下来的几天，雷蒂的病情并未发生太大的变化，他几乎一直躺在床上，因为服用麝香的原因一直昏昏沉沉的，眼睛半开半合，没有胃口进食，对四周发生的事情也没什么感觉。他的包扎耳朵的东西被碰到之时，脸上会浮现出很勉强的笑容，往往他会用微笑来告诉大家"真的一点也不痛，大家不要担心"。除了这些便无法看到其他神色，半开半合的眼神渐渐暗淡，仿佛生命在流逝。

汉姗日夜不间断地守护在他的身边，一直在克制忍耐着。

看着孩子遭受折磨，也许汉姗并没有听到医生的话，但是第一次看到孩子痉挛，她心里便明白这孩子快不行了。

埃曼纽尔直到最后的时刻仍然相信儿子会好起来的，甚至在医生第二次来诊时，向他小心翼翼地暗示孩子就快死了，他必须为孩子准备后事的时候，他仍然没有绝望，仍然觉得孩子抵抗力这么好，他每天祈祷上帝，孩子最后会恢复健康的。每次看到雷蒂的气息在慢慢地变顺畅，他就觉得上帝感应到了他的祈祷而发了善心，他真的不能相信万能的主竟然要拿走雷蒂的生命。因为这是他的第一个孩子，从他出生那天开始，他便一直将这孩子看成是上帝赐予自己的宝贝，为他赐福的保证，他怎么可以丢失这个上帝的保证呢？

当医生说这个孩子快要死了的时候，他才彻彻底底绝望。有好几个钟头他一直坐在床边大声哭泣，连汉姗都开始担忧他的状态。因为担心屋外的响动会让他更悲伤，因此院子里马厩中的活都尽量让大家不要去做了。他让大家把所有的门都关上，甚至不让前来探望雷蒂病情的亲朋好友进来，他实在是无法面对这些面孔了，这样只会让他更加伤心。

第二天的傍晚，那个孩子终于安静地死去了。这个时候正是夕阳落山之时，天边的云彩都被染成了血红色。埃曼纽尔感受到了死亡的气息，感觉孩子的四肢都已经沾染上了坟墓的冷气，他感觉到了死亡边缘的恐惧和绝望，心底里仍然有最后一丝的挣扎，幻想可以让儿子活过来。他用毯子抱着雷蒂，紧紧地抱着他，似乎不想让上帝夺走他的生命似的。汉姗唯有苦苦求他放下孩子，他全然没有听见，不理会妻子的话语。他的泪水哗啦啦地流下，抱着孩子来来回回走动，有时哼唱着催眠曲，有时向上帝祈祷，唱着赞美的诗歌，似乎只有这样才能发泄他心中的痛苦和绝望，只有这样才能让上帝开恩……就是这样一直继续，直到他忽然发现雷蒂在他的怀中失去生命的体征，他长叹一声后咽下了最后一口气，这宣示着埃曼纽尔最后的救命稻草轰然断裂，他的大儿子还是离开了人世。

他没有再哭泣，他知道只能顺从上帝的意思。他静静地将雷蒂这小小的身体放回床上，颤抖着手将他的双眼合上，将他的小手抵放在自己的额上，说道："上帝赐予我的，由上帝收回去，赞颂上帝，荣誉归于他。"

8

第二个星期的同一天举行了葬礼，出殡仪式是从家宅开始的，同往常一样需要敲一个钟头的丧钟，而且在出殡之前必须要举办盛大的宴会来招待前来送殡的人。埃曼纽尔情绪低落，沮丧忧愁，宁愿丧礼办得低调些。不过他一直都赞同农村的一些古老的风俗，过去的时候经常表达对这些风俗的赞同，而今如果他口心不一，只怕很难说得过去。再加上已经有不少人对他的做法不满意了，他们在雷蒂去世前的那几天来看病人，都被埃曼纽尔拒绝了。

因此接下来的时间里，牧师公馆就非常忙碌了，有些人在打扫屋子，有些人忙着炒菜做饭，就跟平时举办洗礼或者喜事一般。埃曼纽尔很感激汉姆，在这样让他们痛苦的日子里，她依然能够安静地将大小事务都办得妥妥帖帖，而且颇具牺牲精神地承担起所有的事情。但是同时他还是感到好奇与不解，为什么她那样的悲伤还是可以将心思快速地放在这些寻常的零碎事情上呢？看到雷蒂的尸体被抬走的时候，汉姗未流下眼泪，埃曼纽尔感到心灵受到了创伤。

在他感到无比疲倦、心灵受创的时候，他无法忽视这样的痛苦事情，在所有的人中，唯有他为雷蒂的死而伤心难过，虽然他觉得这样的想法不公平，而且他尽量不让自己这样想，但是当他独自一个人坐在房间中，或者园子里时，他便觉得伤心极了，没有人会比他更悲伤。

他最爱在那片花园里和环绕在牧师公馆附近的邸园散步，那里隐蔽、面积又大，树木繁茂，郁郁葱葱，就像一片小树林一般。他在里面来回散着步，一个钟头接一个钟头，直到走进花园里最隐秘的角落，直到再也闻不到厨房里的菜肴香味，再也听不到下人们闲聊的话语。

春天已然来临，大地复苏，草木又开始绿了，地上长满了青色的小草，黑蔷薇长出了青黄色的小嫩叶，半野生的樱草和紫罗兰的香味弥漫在空气之中。鸟儿在蓝天上飞翔，山雀和八哥在树枝上鸣叫，暖暖的微风迎面吹来，使万物为之一新。但是埃曼纽尔一点儿也感受不到这些生命的气息。对他来说，花园中各处唯一可以听到的就是雷蒂的欢笑声，无论在什么地方他都只能看到雷蒂的笑脸。每次看见花园中荆棘草丛中挖出来的土，他就又想痛哭。在雷蒂发病之前，这个地方曾埋过一只死乌鸦。地上仍可以看到雷蒂穿的小鞋踩过的印记，也可以看到地面上有他的手指印。上面插着雷蒂用柳枝做的十字架，当时他很小心地让它保持直立。到现在，那个十字架依然直立在那儿，自从雷蒂离开之后便没有人再动过这东西了，距离不远的地方躺着一根埃曼纽尔做的鞭子和五枚已经生锈的钉子，他居然忘了自己还落下了这些。

出殡的时候，村子里所有的旗帜都被降了一半，快到中午的时候，路上已经被黑压压的人群和车子给围得水泄不通。未尔必的路上被撒上枞树枝，就连年幼的儿童都穿着他们最好的衣服参加雷蒂的葬礼。他们手上拿着糖果，肆无忌惮地呼叫着，奔跑着。牧师公馆中的所有房间的门窗都打开着，人们可以随意进出，甚至这样的房间都无法容纳所有的客人，草坪上和院子中全是马车，人声鼎沸。

雷蒂的灵柩就放在埃曼纽尔房间中的那两个黑色凳子之上，棺木上放满了覆盖在金银纸板上的十字架珠串，还有人们带来的人造花圈，它们有些印着诗文，有些则印着铭文。棺木的周围围着一大堆人，以妇人为主，她们看着那些不一般的摆设，然后小声读着上面刻的诗句和铭文："安然入睡吧""你就像天使一样"……

长方大桌上已经准备好了食物，埃曼纽尔和他的妻子站在门口接受客人们的慰问。阿比侬、外婆爱尔丝连同其他的下人们的妻子也跟随着一块儿招呼客人，即使在这样喧闹的宾客声音之中，爱尔丝的说话声依然非常清楚。

"各位好友、宾客们，你们就当这里是自己家，无须拘束，喜欢哪里就坐在哪里！"

人群中的气氛非常阴郁，这无疑给大家造成了压迫的感觉。往常的丧礼一般不会有如此多的人垂头丧气、愁眉苦脸。之所以今天这样的沮丧和愁苦，并不只是因为哀悼雷蒂小小年纪便夭折，更主要的是最近哥本哈根国会的政治圈在不断地传出谣言，让大家觉得很不安。大家都明白昨天应该举行集会决定如何应对，如何解决争端，但是到今天为止他们仍然未收到消息。然而，有迹象表明事情在朝不好的方向发展，他们心里的恐慌是可以理解的。议院中一日比一日厉害的威胁的话语，面对要求和好、调停的言语，内阁通通拒绝，还有那些支持政府的政治言语，这些无一不暗示着当局的真正立场……他们反对民主，无视民意，他们要执行强权。

教区会议主席将双手放在背后，站在走道上，由于特殊原因，走道边的门被打开，他被一群人包围着，所有人都希望他能提供一些准确的消息。他的脸色看上去不太好，平时说话粗声大气的，但是现在却无比的压抑和沉默，他假装镇定地回答别人心急如焚的询问，极力让自己保持镇定。

"朋友们，大家还是耐心地等待一段时间吧，不管会发生何事，大家都要保持一种平和的心态，不要激动，不要因莽撞而把事情弄砸，这是最重要的！我们必须充满信心，一旦我们毫不妥协地坚持着我们的要求，敌人们终究是会让步的。"

到处都有人在问为什么织工没有出现。大家都晓得他早上去了一趟城里，按理说他应该会在午饭前返回来的，但是到现在为止都没有看到他的人影。丧钟正在敲响，人们必须在他没有出现以前驾车出发。

这天的天气非常晴朗，阳光普照，湛蓝的天空一眼望不到尽头。田野是青绿的颜色，鸟儿正欢快地唱着歌，一片春天的气息。与这种欢快的景色形成对比的是，那长长的黑色出殡队伍，更显得春景之下出殡的那悲痛氛围。出殡队伍慢慢地顺着崎岖蜿蜒的道路向南行走，这是按照埃曼纽尔的要求而办的，因为他的祖父被埋葬在斯奇倍莱的尼斯教堂的墓地，他希望孩子埋葬在同样的地方。他一直对这些人们不常去的地方有些偏爱，在那个地方，人们的视野极其开阔，可以纵观菲尔德河，而且这里环境清幽，庄严神圣，只有在河岸的鸟发出悲鸣的叫声时，这儿的宁静气氛才会被打破。

在一个钟头的走走停停之后，队伍终于到了教堂的墓地。由几个年轻的姑娘领头，一边走一边向路边撒着青苔和枞树的枝条，接着队列唱着赞美诗。正在这时，忽然一个谣言在人群之中迅速散开，谣言的内容是织工韩森已经回来了。于是大家都在交头接耳，低声细语，甚至棺材还没有放下来的时候，大家已经知晓原本绝不可能发生的事情还是发生了——当局的那些强权集团制定法律对人民征收各种各样的税，这样违背宪法的丑闻出现了，让国会的作用遭到损伤。

几乎没有人认真听埃曼纽尔的悼词了。他强忍着要喷涌出的泪水述说着与爱子的永别，并对这短短的六年时间，与雷蒂"保持快乐的亲情"的生活表达自己的感激。然而在棺材只覆盖一点土，默祷仪式还没有完的时候，不少人就乱成一团，纷纷离去，这真是让人无法忍受！

还好有几个人没有看到那样骚乱的景象，埃曼纽尔也没看到，他同汉姗、爱尔丝和眼睛已经看不见东西的外祖父站在坟外。当他最熟悉的亲人用铲子和铁锹挖土填坟的时候，他仍然一动不动地站着，直到他们将坟墓填好，最后将铲子和铁锹放在坟堆上摆成十字形，进行短暂的默哀祈祷。

与此同时，群众都会聚在墓地的门口，乱成一团的他们打算寻找教区会议的主席，却发现他已经不见了。最后他们才知道，在葬礼仪式结束后，他们立刻驾车回家了，连织工的人影也找不到。有人说马仁·史麦德跟着他一起走的。所有选举委员会的成员中，大家只能找到那个脸颊像小孩一样红的未尔必农民小胖。他只是因为在生产牛乳方面有着突出的贡献才被选入政委，成为这个组织的成员。他才当选，就发现自己被一大群青年人包围，你一言我一语叽叽喳喳地向他打听政治圈的事情，弄得他无法抵挡，几乎要哭了。

这件事是真的，那个穿着邋遢、长相丑陋的穷苦妇人马仁·史麦德确实同织工一块儿走了。过去有段时间她经常在集会上发表演说，不过因为她对其他演说者肆意攻击，以及恨意满满的批评和辱骂，她的演说经常遭遇大家激烈的反对。过去这个女人的立场一向不坚定，总是在各种极端之间来回回，最后为了给自己的生活寻找避风港，她将"圣徒"作为自己安身的志愿。她每天同三四个人在自己那偏僻孤单的小茅屋里祈祷，或者唱一些赞美诗，或者读圣经，或者不停地咒骂，批评那些不尊重上帝、罪恶累累的教徒集会。她们说话的声音非常大，尖锐无比，几乎可以震聋别人的耳朵，几里外的人都能听见。所以大家觉得非常诧异，为什么织工会和这样的女人在一起，保护着她。有的人甚至断言他有时候也会去她那里祷告。无论如何，人们常常会在偏僻的田野上，去她家的那条路上，看到两人在一起，这是无法辩驳的。

此刻他们正在那偏僻的路上漫步，马仁走在前面，一边挥舞鸟爪一样的手，一边不停地唠叨。织工则默默地跟在她的后面。实际上，他只是不想跟那些人有什么纠纷才跟她在一起的。在走到教堂看不到他的地方，他就以天主名下教众的身份同她告别，接着转身向斯奇倍莱的方向走去。在一座山丘的顶部他停了下来，那个地方可以方便地俯瞰谷底的景象，崎岖蜿蜒，通往教堂的路能看得一清二楚，他站在高处看着底下穿着黑衣、蹒跚而归的男男女女们，看到他们脸上失落丧气的神情，他的脸上露出了一个胜利的笑容。

卷 三

1

　　七月中旬某一天的午后，埃曼纽尔同妻子去斯奇倍莱的教堂为雷蒂上坟，献过花圈后，两人便返回家中。路上他们谁也没有跟对方说话，只是沉默地各自走在一边的道路上。埃曼纽尔穿着一件浅灰色的大衣，而他的妻子则穿着上次在教堂中用过的黑色披肩和头巾。她用那双棕色而瘦弱的手拉拢披肩，放在胸前。晴空万里，天上看不到一点云，两人脚步所到之处，尘土像面粉一样飞扬扩散。

　　当两人走到山顶的时候，埃曼纽尔停了下来，站在一棵孤零零的枞树下，那棵枞树在太阳照射下出现一团树影。埃曼纽尔将拐杖和帽子放在背上，一动不动地站着，也不知道站了多长时间。他看着那片丰饶的土地出神，他看到四周都是快要成熟的丰满的五谷景象，整个区域看上去就像望不到尽头的谷海，在阳光的照耀下，翻滚的谷浪被镀上了金色。

　　"这样的景致真是太美了！"他终于用那低沉而又压抑的声音

说道，"好像就连这空气都能感受土地的富饶丰收！听，云雀正在坚森和尼尔思的田地上鸣叫呢！真是奇怪啊，每次看到这样丰收的景象时，我就会感到无比的庄严。看见这一年辛苦维护和努力的果子最后成熟，看到眼前一片硕果累累的农作物，感觉简直太美妙了。更绝的是，这些无一不显示出自然力量的伟大。无论是在严寒或者微寒的冬天，无论是在干燥或者湿润的夏季，这些庄稼每年都会在一个时节，确切地说是同一个日子里开花结果。每种庄稼都有它们特有的成熟期，这难道不是件神奇的事吗？"他停了会儿，接着说道，"对我们来说，这其中包含着一个意义非凡的教训！"沉默片刻，他接着说，"我打算星期天就用这个作为主题来谈谈，这方面能说很多话——尤其在这样的时节，对所有人都有益。"

他继续走着，时不时地停在田间，赞叹那丰收的谷子。他把白草帽戴上，将宽檐的那一面转过来遮住双眼。他的视力最近不太好，脸上疲倦的神色显示了他仍未从几个月前丧子之痛的打击中恢复过来。

汉姗则在马路的另一头耐心地跟着丈夫，全然将他不断地走走停停不放在心上。她一边用一种有话想跟他说的神情望着他，一边认真地听他讲话。她一句话也不说，直到最后埃曼纽尔比较了一番路边的丰收和自己收成不好的情况时，忽然间陷入了一种愁苦的沉思状态中。

"哦，但是这一切也没有你说的那样差。"汉姗用一种轻松愉悦的口气（但是听上去很怪异）说道，"裸麦长得不错，只是第六垄长得一般般而已。"

"但是，瞧瞧咱们的马草，今年只收了五堆，与前年十四堆和去年十二堆相比，简直是少得可怜啊！"

"埃曼纽尔，这些年你总是尝试着不同的事情，比如政治还有其他的一些事情，我觉得那些东西都会改变的，况且你瞧瞧，当你能腾出更多的时间去管理农田的时候，你能收到和别人一样多的庄稼。我认为现在咱们在这个地方过一种安定的生活，对我们都有好处，你也是这样认为的，对吗？埃曼纽尔！"

同往常一样，他并未听妻子说完，就中断她的话，开始谈论起自己的想法。

"明年我必须要种不同的谷物了。你是否还记得，曾有一回我同你说过一种新的施肥方法。不知道咱们是否可以尝试一下那种新方法，我们不可以再同过去一样保守，只用老方法了。"他的语气忽然变得非常不耐烦，"咱们得振作了，这段时间我懒得很，但是我觉得这些已经成为过去，我想要重新开始。"两人走在比人还高的裸麦之中，那裸麦上飞着很多色彩斑斓的蝴蝶，好似翩翩起舞的三色紫罗兰花，畅游在阳光之中。两人走了一段时间后便看到了北方的溪谷，溪谷中央映照着斯奇倍莱和那些被冲洗得干干净净的房子和田地，还有新建成的豪华的会堂。

走到一个一分为二的岔路口，其中一条路通往西方边界，另外一条是回村的路，埃曼纽尔停了下来。

"对了，你说今天想去看望你的父母？"

"没错，你不跟我一起吗？他们两个在等咱们一起去呢。"

"算了，我没空，我还有大堆的事情得想清楚，我得准备着让下次的布道活动尽量完善，让大家可以正确理解我讲的内容，我都没来得及准备什么。但是，可别忘了代我向你父母问好，告诉他们这星期我会抽空去看望他们！"她离开片刻后，他又忽然大声喊道，

"如果你没有忘记，就告诉你爸爸，他在春天借我的黑麦种子，我一直没有忘记，一旦收获小麦，我就会还给他。"

2

汉姗并未转身，而是直接朝斯奇倍莱的方向走去。

因为不想经过村子，汉姗特意选了一条野草丛生的小路走，那条隐藏在墓地和种植着各种各样蔬菜的园子后的小路。她以前就晓得，这个时间段所有的女人们要么抱着孩子，要么编织针线活坐在大门边，隔着街道聊天。她很讨厌路上会遇到过去的伙伴。回到家，她发现屋内只有父亲。

房中的光线有些阴暗，她父亲正坐在床旁边的躺椅上，并未完全入睡。他穿着一件简单样式的衬衣，下面穿着贴身的毛线裤，那长且厚的粗糙头发上戴着皮帽。他的周围围着几只苍蝇，汉姗一进门，就听到苍蝇乱飞的嗡嗡声。

"是汉姗回来了吗？"老人扬了扬白眉毛，问道，"怎么回事，为何就你来了，埃曼纽尔怎么没来呢？"

"他今天有其他的事情要忙，他让我向您问候，还说这周有空就会来看您。""哦，原来如此，啊，你妈待会就会回来了，她刚刚去塞仁那儿取报纸去了。我看到报纸上刊登了巴烈的演说词，埃曼纽尔有没有跟你提到那个演说的事情呢？"

"没有，他应该还没看到今日的报纸吧。"

"我听说那个巴烈在演说中狠狠地批评了他们，但是他的批评还是有些道理的。说他们（都是些恶棍无赖）的话很有道理。不然的话他们是些什么人呢？不过是些胡乱作为的恶棍！不过我这样说你会不会介意，汉姗？难道我们还得骑着升天马，坐着老虎凳吗？难道咱们农夫又得为那些贵族卖命吗？"

他用尽力气站起身，穿着一双大号拖鞋，撑着拐杖来来回回地蹒跚行走。他那瘦小得如干树枝一般的佝偻身子，因为发怒而不停地颤抖着，他含含糊糊地用那没有牙齿的嘴说着无法听清楚的话。他背着一只手，一边在黑暗处来来回回走着，嘴里还嘀咕着，重复着集会中会员们的演讲词。那些演讲词他已经牢牢地记在心里了。汉姗放下手里的东西，坐在窗户旁边。

最近每次看到父亲，她的内心会更加地不安。自从他双目无法看到东西，不能再在田里劳动之后，特别是上次在集会上发言成名之后，他明显地变了。

没有听父亲的自言自语，她独自在窗边看着屋外有树荫的花园。阳光透过树丛洒下一圈圈的光斑，正摇晃着。树丛下有几只母鸡正在玩耍。这样的情景好似过去还未出阁的时候，她坐在同一个窗户下看着窗外，幻想着，描绘着未来的美好愿望。此时此刻她坐在窗户下，想到了婚后的第一个念头，那个时候只有埃曼纽尔同她两人单独住在一块儿，他们两个相依为命，彼此只为对方而活。那个时候的生活，每一天都是丰富的、幸福的。记忆里，她追忆着他们结婚后第一个冬季的那些岁月静好的晚上，他俩围在灯下，埃曼纽尔或者告诉她自己童年时代的趣事，或者大声朗读书籍。她又回忆起牧师公馆的那个山丘，他同自己度过的首个夏季，那样幽静的日落，回忆着星期天两人一起回娘家的情形，回忆起人生发生的一切，但如今回忆起来就像是一件不可思议的事情。对于这些，她从来就未放弃过，她还是希望能过上以前那种生活。尤其是在雷蒂夭折之后，她想象着埃曼纽尔也是喜欢这种宁静而幸福的日子。但是实际情况是，她一眼就能看出来，他心中一直都在想着自己的问题。她不清楚他究竟想干什么，对于他一天比一天更不耐烦、更丧气，她一点办法也没有，她越发觉得丈夫对她隐瞒了什么。

一个才想到的需求正在她心中萌芽着，然而这样的需求她没有勇气同丈夫说明，她的心中每天都在期盼着，他会回到已经舍弃的过去的那种生活之中，她是因为丈夫才放弃那种生活的。

厨房的门被打开了，只见爱尔丝将头伸进来："哎呀，是汉姗啊，我们正在等你们夫妻过来呢，埃曼纽尔在哪里？"

"今天他要忙别的，这个星期他会过来看你们的，他让我捎上问候。"

爱尔丝立刻露出一副无法谅解的神色，然后转身离去。片刻之后，只听到她在厨房说话（她在厨房翻箱倒柜）："真是奇怪啊，埃曼纽尔这段时间怎么如此忙呢？他似乎永远都无法抽出时间来看看咱们两个老人家，我感觉事情很蹊跷。"

汉姗并未回答母亲的话，她明白最近埃曼纽尔和爱尔丝发生了误会。埃曼纽尔不喜欢爱尔丝认为雷蒂的死是一件很正常的事情，情况就像她始终坚持说耳病只是小病那样。当然了，埃曼纽尔自己也觉得雷蒂的死是上帝赐予自己的无法回避的一个打击。只是他认为爱尔丝知道雷蒂的死讯时应该感到吃惊才对，因为她一直觉得雷蒂的耳病只是小事，很快就会痊愈的。

"报纸呢，汉姗她妈，我要看报纸！"摸索着坐回安乐椅的安得士·哲根喊爱尔丝，他正等着爱尔丝给自己读报呢。

"哎，来了，孩子他爸，我必须先将牛犊喝的奶准备好才能来啊，你听说奥勒的事情了吗？"

"没有，一点也没有，我猜他去了磨坊那，你有没有喂猪啊？"

"哎哟，当然喂了。"爱尔丝说着将围裙系在她那粗壮的腰上，走到门口边。

"好了，现在咱们来读报吧！"老头子听到爱尔丝翻报纸的声音后，激动地欢呼着，"他毫不留情地批评了咱们，哎，但是我敢打赌巴烈是个好人，他说的人就像我，大家介意吗？那些不是升天马和老虎凳？"

"行了，行了，孩子他爸，你得安静一点。"爱尔丝一边制止他的讲话，一边重重地坐在火炉边的安乐椅上。

自从汉姗嫁给了牧师之后，她的母亲爱尔丝就俨然摆出高人一等的模样，当安得士·哲根发表演说，一举成名，并且上报之后，她这种高贵的模样就更加表露无遗。现在，她还是露出这样的神情，小心地打开报纸放在膝盖上，戴着安得士·哲根的那副铜框眼镜，不紧不慢地开始念着一篇六栏篇幅的文章："我们的领袖在满美陆的演讲。"

3

埃曼纽尔没有走大路，而是选择了一条冷清寂静的田间小道。他还在构思星期天要举行布道的演说词，不愿意受到外界的干扰。这段时间他经常没什么准备就去教堂，因为他对演说词没什么灵感，并且缺乏力量，最后连他自己都感到窘迫。

今日他无法全心全意地工作，他常常无法控制地胡思乱想。每次他都发现自己正在幻想着与周末的传福音没什么关系的事情。起初他脑海中会想一些零碎的小事，比如一只飞翔的蝴蝶，吸引他的目光，让他停下来去看它翩翩起舞于空中。或是对它鲜艳斑斓的色彩感到惊艳，一下子在蓝天之下缤纷着，忽然又飞到金色的谷物中了。接着，他会注视到那些屹立在丛林里的新会堂的红色屋顶的不自然景色，这些让他又陷入那些臆想中。他想起全国上下的党员，想着他的友人，想着他们甘于被政治压迫的羞辱，甘心看到最神圣的法律被人糟践，自己可以保持淡定，几乎不作为。

他无法理解为什么他们会这样。尽管在政变忽然发生的时候，他忽然痛失爱子，这让他感到心灰意冷，但是他能立刻觉悟起来，他的职责就是鼓动大家在力所能及的条件下用基督教徒的法子反抗破坏法律的人。但是紧接着有一天选举委员会的成员来找他，让他不要再鼓动大家引发新的风潮了。这些人告诉他，他们同其他政治圈的人在书信联络之后已经达成了共识。他们认为因为没有办法鼓动大家做最有力的反击，所以最近还是暂时低头屈服吧。甚至连木匠尼尔生虽然看上去不高兴，但是还是同意了他们的看法，并说，事情到了这个地步，先给对方一点机会吧。他以前还希望尼尔生因为自尊心受到伤害而发起反抗，但是现在他选择了屈服。

前些日子的一个晚上，织工韩森也来拜访过他。还是同平时一样神秘兮兮的，他拐弯抹角了半天，告诉埃曼纽尔他们改变了战术。同时他又暗示说，最近教区会议主席的一些做法已经表示他无法胜任这个职位了。最后，他还说了一些自己私生活中的一些事情。

他的话含含糊糊，让人捉摸不透。他说那件事情经不起调查，况且发生那样的事情对于一个精神上有高度觉悟的政治首领来说是悲惨的。他这些模糊的话语让埃曼纽尔听不懂，埃曼纽尔也不愿意深究到底是什么事情。因此，他打算再不理会那些人无趣的政治了。他从未特别热衷于政治，况且现在他可以证明这些东西一点价值也没有。他甘愿奉献与牺牲换来的早日实现的政治，将不会被破坏和受新成立的法律而影响，它会一天比一天强壮，好似长在土中的柿子，无论是寒冷的冬天，还是炙热干燥的夏天，最后它都能向人类奉献饱满丰收的果实。

这几个月的时间他学会了一些东西。他如今明白，群众中还是有不少潜伏的力量可以被激发起来的。他本来以为新的时代很快就会来临，不过现在他知道了，在真正来临以前，还是需要更多的力量和自信。可能在将来的某一天，他会看到它实现。但是他现在不会感到倦怠或失望。他坚定不移地相信他正在为这个世界的正义和真理的胜利而努力着，甚至只要一想到这个信念他便会感到开心，只要宣布世界变得和平，他都会感到高兴和有种努力得到了回报的感觉。

他走到一个视野开阔的海湾，这片海湾在斯奇倍莱那光秃秃的山丘与旁边金登禄赛教区那平坦的、视野开阔的、处处都是田园美景和山林风光的山丘之间。沙滩在阳光的照耀下闪闪发光。埃曼纽尔静静地站在上面，脑海中仍然在构思着未来。他的老友银鸥就好似在守护着什么至关重要的东西似的，正展开双翅翱翔在天空上。他目不转睛地看着这些鸟儿在上下飞翔，又看着那发着光芒的水面，海水延伸到远处的蓝色烟云，起起伏伏就像小山一般。那些烟云有时在地平线的上方，有时又缓缓沉下，就像是梦幻而美丽的城池，极具诱惑力地渐渐升起，但马上又消散下去。还好像是具有魔力的东西向人招手，然后又马上消失隐匿，就像是在梦里一样，听见远处有人在叫唤，接着又慢慢听不到声音了。"为什么会苦闷？"那个魔音好像在说道，"为什么要把别人的包袱拿过来，使自己烦恼呢？放下你那圣人一般的包袱吧，到这儿来，在这个地方，云端之上皆是幸福，在这个地方，悲伤都被深深埋葬在人看不到的黑谷。到这儿来吧，这个地方生命便好似在晶莹的井水中能够轻松快乐地休息，好似在绿草地上欢乐玩耍！"他猛然惊醒，才发现自己又陷入了幻想之中，于是慢慢地离去。天色不早了，应该回去了。

他加快步伐，匆忙朝着大路而去，他得在太阳下山之前回到牧师公馆，回去后还得帮着塞仁给牛喂食。

4

才走了几步，他就看到不远的地方有五六个男男女女，正开开心心地在草地上铺着布坐着玩耍。

一个妇人，确切地说是一位穿着蓝色衣服、腰上系着蓝色带子的年轻姑娘，刚刚站起身子同大家说话。在同伴（两男两女）的掌声和笑语之中，她一只手拿着一顶男士的灰帽子，另一只手拿着手中的酒杯，只见她将帽子放在头上忽上忽下地玩弄着，表情严肃地鞠着躬。这几个人身后，有一把红色遮阳伞撑开放在草坪上，伞旁边的土里插着一根螺状的手杖，上面放着一顶女式蓝帽。不远处停着一辆非常好看的狩猎马车，一个穿着褐色长筒靴和短绒裤的车夫正在看守着站在被修剪过的柳树荫下的俄罗斯小马，那两匹小马是青色的。在自己的范围里忽然遇到从城里来的一群人，埃曼纽尔不免觉得不好意思，他连忙转过头假装未看到这群人。

他听见年轻的姑娘说道："那么，我亲爱的朋友们，请让我干了这杯，为祝福我们可敬的、友善的主人的身体健康而喝上一杯吧！"

忽然之间她没有再继续下去，就连笑声也停住了，气氛变得无比沉寂。

埃曼纽尔明白是那些人看到了他，于是他背着双手，依旧从这群人身边走过，既不加速也不减速。

忽然，他似乎听到有人在喊他。

他没有转身看个究竟，他觉得自己是听错了，因为他并不认识这群人。

但是没多久，他又听到了有人喊他，而且这一次他听得清清楚楚，那个声音也非常地耳熟。

"汉斯特牧师！汉斯特先生！"

他用一种挑战的心态飞快地转身，看见那几个人正高兴地朝他挥着手。因为阳光照射，他无法立刻看清那几个人是谁。

走近的一个男人身材高大而壮实，他脸上蓄着胡须，举止和步态如同绅士一般。等那个男人走近自己，略带感慨地要同自己握手的时候，他才看清对方原来是哈辛医生。

"你好啊，汉斯特牧师？最近怎样啊？自从上次有幸看到你，到如今已经有很长的时日了。"

起先埃曼纽尔觉得这次的相遇简直是意料之外，对于哈辛医生表现出来的善意也感到惊讶，竟然忘了怎么回答。哈辛笑了笑，他这一笑，就露出一排雪白的大牙，他说道："我是来传话的，我们正在举行一个小型的家庭聚会，那群女士都期盼着能同你见一见。你可不可以卖我一份薄面，来同我们一起喝一点，那群人中有一位还是你的老友呢。"

埃曼纽尔本来是想干脆地回绝的，即使他们之中真的有自己的老友，他也没有心动。但是因为他不知道该用什么样的理由来拒绝，而且不想扫这位医生的面子，毕竟在雷蒂生病的时候，他对自己还有妻子都非常照顾，而且尽心尽力地医治雷蒂，因此他无法拒绝，只能答应了对方的邀请。

聚餐的人都在关注着他们两人见面的场景，当他们看到两人一起走过来的时候，女士们就拿起了她们的伞，而那位穿着哈密瓜色夏天服饰的年轻男子则站起身，一边将袖口放下，一边站在一位年轻女士的后面，靠在他那根螺形拐杖上，看情形好似打算有情况随时出动的模样。

当埃曼纽尔和医生就快走近的时候，女士悄悄向身后的男人说道："爱弗雷，假如你待会让我发笑了，我肯定会揍你的。"

"嗯，但是上帝，他一向便是老野兽的形象！"他一边卷着他那精致美观的胡子，一边将手遮住嘴小声嘀咕道。

"看吧，神学院的声音！"

"听我说，不要再说了。"

"行了，嘘！"

此时，医生和埃曼纽尔已经走到众人跟前，其中一位女士走上前来同埃曼纽尔握手，这位女士的头发和眼睛都是黑色的，她穿着一件棕色的丝衣，身材非常柔美，她长得既美丽又温柔，看上去颇有女人味。

医生说道："这是我的妻子。"

"很高兴见到你。"她的语气同形象一样温柔，那语调听上去就像是外国人，"我们做邻居已经有好几年了，但是我一直非常好奇，这些年我们竟然没有遇见过。我觉得住在乡下，总会有机会遇到，并互相认识的。"

埃曼纽尔将头上的帽子朝上举了一英尺①的高度表示礼貌，但是他的神色依旧是肃然而略带诧异的。他打算将这种疑惑的神情隐藏起来，他实在无法适应对方彬彬有礼的话语和繁复的礼节。

哈辛医生继续愉快地介绍其他人。

"接下来，汉斯特牧师，请允许我先来介绍我们之中年纪最小的一位。这位小姐名叫姬达·左天，是我夫人的侄女，她为人和蔼温和。刚刚她才发表了一篇非常成功的演说，只是在你经过的时候被打断了。要是你早几分钟过来的话，就不会错过她那精彩的演说了。接着要介绍的是她的表哥，我这个前途光明的侄子，他叫爱弗雷·哈辛。假如你看了任何有关运动方面消息的报纸，你肯定会看到他的名字出现在自行车比赛的专栏中。"

埃曼纽尔对这一对年轻男女是有些轻视的。那两人问候的话语中很明显地表达了对自己的好奇要比尊敬多。当他看到男士那哈密瓜色的套装像布袋一样，脚上穿的鞋子那样尖，佩戴的饰品和纽扣那样奇怪的时候，他想："上帝啊，原来所谓现代时髦的潮流便是这副模样！"

①1英尺≈0.3048米

"好了，再介绍最后一位女士。"医生一边转向一位身材高瘦而修长、穿得非常潮流的女士，一边说道。在说别人的时候，医生一直站在埃曼纽尔的身后，似乎是故意不让埃曼纽尔看到自己，直到介绍最后一位的时候，他才又出现。"好啦，我看最后一个我就不用再介绍了。"

埃曼纽尔一看到她，便已经呆住了，医生说得没错，最后一个确实不用介绍了。阳伞映照的红光之下，那位身材修长的女士正微笑着看着埃曼纽尔，只见她身上穿着用大紫色星装饰的白色衣服，栗色的头发上戴着一顶宽边用蕾丝装饰的帽子。她的衣服是这样的柔和，剪裁和配色大胆，但是恰到好处，凸显了她那修长苗条的身子和乳白的肤色，看上去庄严又美丽。她蓝灰色的漂亮眼睛中透露出坚定，从上到下，从神色到衣服的边缘，都在凸显着这位姑娘的自信和自在潇洒。看上去她同过去没什么区别，因此埃曼纽尔一眼就认出这女士是兰熹儿·田内绅。

她用一种老友的姿态将自己那戴着手套的纤纤素手伸给他，说道："你肯定无法想象为什么我会忽然出现在这样的场合，可能会觉得我是个卧底，否则的话……我想我应该告诉你真实的情况了。今年开春，我很荣幸地结交到哈辛医生同他的夫人，因为他们一直在热情地邀请我，我最终没能忍住诱惑便来了这个地方，我到此地也不过两天，我很肯定，到现在为止，我还未发现这段旅程中我做了什么轻率不合理的事情。行了，你觉得我这个解释怎样？"

她这样的态度和口气无疑是要给对方留一个非常深刻的印象，她自信自己已经做到了。这样肯定而且玩笑似的语气，立刻就触犯到了埃曼纽尔，同时强化了其他年轻人看着他时所激起的自尊心。

他强忍着内心的诧异，然后假装不动声色，淡定地说道：

"田内绅女士，我不明白我为何要怀疑你是卧底呢。你想再看看你过去的家，这是一件很正常的事情啊，这似乎不用什么解释吧？"他的语气比自己想象中的更冷静残酷。当他意识到自己所说的让他们感到不舒服的时候，他试图再说几句友善一点的话来淡化这拘谨的氛围。

然而，埃曼纽尔恰巧看到那位青年自行车选手，正在挤着他的表妹，并悄悄耳语，姬达正在咬着手绢，想来应该是想笑而在强忍着吧。

他感到自年轻时代就从未有过的、无法控制的愤怒在心底彻底爆发了，血气涌到脸上，心脏怦怦怦跳个不停。

医生想让气氛变得不这么尴尬，于是说道："咱们坐下来吧，汉斯特先生，你也来同大家喝点吧？"他紧接着冲车夫喊着："啊，约翰，再拿个杯子过来，另外……"

埃曼纽尔用一种简短的语气打断医生的话："我不喝，谢了！"

"真的！"

接下来便是让人感到难以忍受的沉默了，大家都不知道该怎样继续下去。医生一边摸着自己的胡子，一边用一种尴尬而且不解的神色悄悄地看着田内绅小姐，十分茫然，似乎在说："咱们做了傻事让他笑话，然而，我刚才哪里说错了呢？"

埃曼纽尔一动不动，只是看着前方，并不理会大家困惑不解的神色。但是很快他便开始生自己的气了。他心想，我还留在此地干什么？这群人跟他并没有思想或者感情上的共通，不但这样，他们的口气和话语对他来说是这样的陌生和诡异，听上去就像是外语。

对这群人他又没有什么交流的必要，自己为什么要来呢？

兰熹儿小姐到底还是老练些，她灵活地帮着大家解围。

只见她走上前去说道："我觉得汉斯特牧师的这句话说得刚刚好……咱们已经喝了不少酒。我觉得我们可以在这傍晚的时候去散散步。咱们可以让马车先行，回程的路可以让汉斯特牧师同大家一块儿。行吗？咱们走的路线是一样的，如果我的记性还算好，至少是起初那段路的方向是一致的。"

哈辛医生一家人马上同意了她的提议。医生用一种感激的神色悄悄地看了兰熹儿小姐一下。

对于田内绅女士的话，埃曼纽尔也是松了口气。他明白这样的话他很快就可以跟这群人告别了。假如他陪着这群人走到教区界线同金登禄赛的分界，他只需稍微礼貌一些，就能周到地告别，如此还可以早些回家喂牛，同家人一块儿吃晚饭了。

将车夫叫来交代了后，大家就开始散步了。

那位喜爱自行车运动的年轻男子为了让自己感到好受一些，马上挽着他婶婶的手，同她一块儿走在众人的前面。

"这个笨蛋，这个忠诚的信教徒究竟是什么身份啊？你口中说的'幽默又有见识的人'便是这个人吗？上帝，我看他简直是个笨蛋啊！"

哈辛夫人温柔地谴责他，说道："亲爱的爱弗雷，你的口气总是这样地激烈，你老是用这样重的词语，可能他是个天才，也可能他有自己的过人之处……这些东西我一点也不知道。但是，不管怎样我必须赞同他为了自己的想法而无私奉献的精神，这一点你不能否认，爱弗雷。"

"我用人格担保我相信这一点，婶婶，你对他感到怜惜是不是？可能你还会邀请他一起用晚餐对吗？"

"假如他跟我们一起散步很远，我们当然只能邀请他啦！但是这并不代表他会接受咱们的邀请啊，他如果来，我不会反对的，不少事情我都想听一听汉斯特牧师有什么高见呢。"

"啊！你已经完全被他咬死了！唉，婶婶的心肠真是好，但是，你已经把约厄欣叔叔给忘了！"

她露出一副疑惑的神色："约厄欣叔叔！你说得没错，我确实把他给忘了。"

5

很快，埃曼纽尔便发现他同兰熹儿小姐单独走到一起去了，他们两人同其他人已经有些距离了。哈辛答应原本跟他们走在一块儿的，同埃曼纽尔说一些天气和麦子收获的事情，此时已经被他夫人的表妹给叫走，同去观赏她看到的花草了。

哈辛医生在身边的时候，兰熹儿小姐不爱说话，总是看着地面发呆，甚至在他离去之后，她依然保持沉默，不过她的脸上偶尔会露出笑容。

"汉斯特先生，你真是一个奇怪的人啊！这七年的时间我一直期盼着有一天我们的相遇会让你吓一跳，接着你会像咱们只是短暂分离那样地招待我。我跟你说吧，你刚才的言谈举止真的让我觉得很窘迫，让大家看这个热闹的尴尬场面真是我自作自受！唉，我必须承认我又笨又傻。"她接着说，但是埃曼纽尔还是沉默着，"我还记得，你在很多地方与别人不同，不过你还是这样让人没有信任感，这还真是一点没变。"

埃曼纽尔丝毫没有察觉到，对方正费尽全力使两人的谈话像过去一样轻松自在。多年之后再与她单独相处，再次听到她那挑衅蔑视但是很讨人喜欢的像铃铛一般的声音，他的心里感觉很不自在，他一点也不希望自己被她的话语所影响，说道：

"田内绅小姐，如此说来我们彼此保留着一样的印象啊，刚才当我第一眼看到你的时候，还有此时听你说的话，我觉得你一点也没有变，还是像七年前那样。"

她耸了耸肩说道："我也想知道，有什么东西可以改变我啊？我如今是田内绅小姐，就像过去一样，以前的那段恋爱经历，也许我以后可以写在拜访卡的反面。这便是一个未婚女人的命运吧……但是对于你而言便不同了。可能在你的人生经历中只将我当成是一个不太熟的陌生人。我并不是你想的那个样子，我在一年前同你的妹妹和弟弟相识，那个时候我便与你的妹妹成为好朋友。她是个很有魅力的女人，是吧？我很喜欢她那娴雅的气质，你可以想象一下，我和她经常说起你，她常常感到遗憾，她几乎打听不到你的消息。"

埃曼纽尔认真听起来。他忽然觉得，对方是在嘲讽自己，同自己开玩笑，可能这年轻的姑娘真的是来当卧底的。而且，自己的家人很有可能也是站在她那边的？

"因此我在来这个地方以前，我知道了你已经成了一个极具影响力的大人物。我的父亲离开以后，你在此地带动群众变革，而且郊区的人是那样地崇拜你、尊敬你……简而言之，你们在每个方面都明确了目标，不但这样，你们一步步来，进展得很好，有人是这样认为的。我还听说他们称你为'使徒'。"听兰熹儿小姐这样说，埃曼纽尔愣了一下，想了想，说道："不过我觉得你的愿望已经实现了，兰熹儿小姐。离开这个你讨厌的地方肯定会令你很开心，在城里，那是丹麦的文化之都，那种遍布时尚和社交场合的地方到处都是喜剧厅和歌剧院。全世界闻名的提瓦利就在旁边，因此我坚持没有去那些声色犬马的地方。"

"嗯，没错，"她中止了对方的谈话，不耐烦地摇摇头，"对我来说就另当别论了。而且，我并未抱怨过任何事，因此我不明白你的话究竟在针对哪方面。生活每天都要过，事情一件件地进行，我在那里确实过了一段开心的时光。这样跟你讲，在我这样的年龄，我已经成了哲学家，成了信奉斯多噶主义的人，我该怎样对你说呢。换句话说，我已经习惯了那些当代人怎样看待我了，在那些亲爱的当代人眼中，我的同伴们变得惹人厌。没错，我几乎都要得意和傲慢了，不少人预言大巴比伦时代就要没落了，我便是他们其中之一。"

埃曼纽尔原本打算说话，但是在他的脑袋快速运转，在构思出完整的话语之前，兰熹儿小姐又接着说话了：

"不要再说我了，我跟你保证，继续说我只会让话题变得枯燥，接下来说说你的事情吧。刚才我几乎没能认出你，这么多年你的变化很大。你的肤色变成了印第安人那样的棕色，你那胡子长得看上去就像林中的野人啊！如果这些都是真的，这八年的时间，你在荒漠中一直生活得很开心咯。我还以为，在这样的荒野中生活，你会变得消瘦而憔悴呢。看来人和人真的不同啊！看来你是真的对那些被人们批评为抗拒文明的产物一点也不动心，就像艺术、美妙的音乐啦，还有社交生活？就连我弹奏的舒伯特的《小云雀》的曲子你也忘记了吗？我记得有段时间你很爱听那曲子的，我还记得我经常弹给你听哦！"她说话的时候，目光穿过太阳伞的象牙伞柄，笑吟吟地看着他，笑靥之间尽展迷人魅力。

埃曼纽尔依旧保持着那副严肃的神色，用刚刚那种郑重的语气回答道："我实在不明白我是怎样依恋现在拥有的一切的。田内绅小姐，假如你不嫌弃，愿意竖起双耳倾听，此时此刻你便能听见头顶上有一群云雀歌唱的声音，这声音比那些模仿它们的任何一位音乐大师的曲子里的音调都要美妙动人得多。整个夏季我都能听到窗户外那完美到极致的管弦乐团的演奏，有树丛里的画眉鸟，树顶上的八哥鸟，还有山雀。"

"没错，不要忘了还有一群乌鸦！另外还有公鸡！上帝啊！公鸡！"她一边叫喊，一边绝望又可笑地捂住自己的耳朵，"就是这个时候，每当早晨我还在梦乡里的时候，这个坏家伙就出现了，它总是站在窗外嘶声尖叫，啼个不停……天啊，它简直就像在高温炙热的烤箱上一样！"这回埃曼纽尔忍不住想要笑出来。

"没错！田内绅小姐，你真的还是跟以前一样，对于我们感激的喊我们起床的使者，还是像以前一样讨厌啊！"

"没错，我不否认，在这个事情上，我跟过去没有变化，我还是那个叛逆又与众不同的人。对我来说，你能够自由自在地喜欢那些啼叫的鸟儿，还有那闻着令人恶心的海草味道，你们口中所谓的'清新的海风'，还有那满是小花的平原。随便你喜欢什么东西，只要能让我在屋子里面，让我在里面可以舒适安逸地将我自己喜欢的、适合我品位的东西集齐放在我的周围就行，你觉得我是不是无药可救了？"

埃曼纽尔正要回答，仍然被对方给打断："如果我想这样做，我会让你感到更烦的。为何不这样做呢？我的想法是，艺术家们教导我们要去相信大自然的美丽，对大多人来说，这些学说有不少都是做作的假学说。对我来说，当我走到哥本哈根街道之外的地方，当我看到光秃秃的田野，没什么区别的街道，还有那荒凉得什么都没有的天际和可笑的荒漠时，我每次都会想到冰冷无比的轧布机房，想到我儿童时代常常在里面洗澡的恐怖的房子。不管外面的阳光多么耀眼，不管田野多么青葱，那些在我眼里都是那样的荒凉和悲哀，看了让我感到很恐慌。城市也许确实可怕，我同意这一点。城市里弥漫着灰尘，被烟熏得黑漆漆的，脏得不得了。但是在城里，你不会做日月的奴仆。在城里你可以有自己的思想，明白人是什么样的，还有那当家做主和成为万物主宰的意义。毕竟人们确实打算有一天能做主，无论如何这种自由都是我所渴望的。"

说到最后，她那诚挚的感情重新被激起，但是这样的话语和情感倾诉让埃曼纽尔对她的印象更糟了。因为她刚才所说的话，重新让他想到了生命之中最软弱的那段记忆。那个时候，看到冰雹和肆虐的洪水破坏了他辛辛苦苦栽种的谷子，还有暴风雨毁坏了他种的树，他都觉得是自己错误地判断了大自然的规律。他又想到了雷蒂发病的那个晚上，那时他就站在园子的土堆边，倾听远处的声音，焦急地等待医生快些来。在他无比绝望和困扰的时候，心中想到不少相似的念头，所以，他现在更加认为自己有责任来用自己的信念去驳斥对方那荒谬的念头。两人走到山顶上，视野便变得极其开阔，能看到美丽的景致。这个区域有很多这样视野广阔的好地方，此处只是其中一个地方而已。他们早就走过了郊区的界限。他们站立的地方能够看到整个未尔必的景色，还有斯奇倍莱的半岛教区，也能看到那呈圆形却没有长草木的小山丘，以及将它同外界相接的沼泽，还有它那三个磨坊风车和两个塔楼。西方可以看到维斯特比和金登禄赛的景致了。尽管没什么高低起伏，但是景致千变万化，而且草木繁茂，让人看着非常舒心。金登禄赛的村子可以看见那间红得像火的布道堂和一座造型怪异的圆形的教堂，教堂上那只测量天气的镀金的公鸡此刻在夕阳的余晖之下好似一颗星星闪闪发着光。除了这些，那块地方还有一两片树林和一条在绿茵之中潺潺流过的溪流与几个散落各地的白色茅屋。最后看到的是一片很朦胧的森林，那林子看上去就好似长串的乌云，此时太阳刚好西沉，落在那林子后面，将地平线染成了火红的颜色。

埃曼纽尔挥了挥手，指着那片夕阳下沉、余晖灿烂夺目的景色说道："你竟然说出这么大胆的话来！"此刻沼泽上已经开始升起了夜的雾气，就像巨大无比的蜘蛛网一样笼罩在支流众多、被夕阳染成血红的从沼泽地延伸而出的溪流上。"的确，这样的美景已经没法让你感到满意和开心了。莫非除了童年那些不愉快的回忆，你就真的没有任何别的想法和感觉了吗？"

兰熹儿小姐看着那片风景，眨着眼睛。片刻之后，她的脸上露出一股灿烂的微笑，每次她打算说出什么大胆的话的时候，她都会露出这样的笑容，她说道：

"我搞不懂为何它就应当如此美丽动人、让人赞叹惊讶，为何我们见到这样的景色时一定要赞叹一下，欣赏一下，开心一下。它真的一点也无法吸引我的目光，我可不喜欢看那些色彩混乱的搭配。这天际是蓝色的，地平线是红色的，所有的这些橘红的谷子还有下方那像菠菜一样的草地……红色、蓝色、黄色，还有绿色！这就是所谓的'侯登多手帕'上的颜色……你晓得吧，就是那种发着亮光，被英国人出口到非洲那种蛮荒穷困之地，让黑人们穿上去开心得不得了、幸福无比的质量低劣的料子！像这样夕阳落山的景色，只能让那些半人类，包括黑人和白人，可能还有动物们，作为一种档次较高的消遣而已，除了这些，我并不认为还有其他的意义。我就是这样想的，你难道不是这种想法吗，汉斯特牧师？我一点也不怀疑，这样火红的天际，正是在呼应那些动物们丰富瑰丽的思想。可能它会勾起这些动物心底中最柔软的部分，于是青蛙开始呱呱叫，夜莺也开始唱起来了……"

埃曼纽尔嘲讽地向她鞠了个躬，中止了她的话语，说道："我确信你说得是错的，田内绅小姐！"说完继续走自己的路，他明白再争下去毫无意义。"真是可惜啊，万能的上帝竟然未同你商量，未咨询你的意见就创造了这乱糟糟的世界，这分明只适合侯登多人和卡卑人居住嘛。不过我刚刚想起来了，起初遇见你的时候，你居然自降身份，屈尊地坐在那样普通的草坪上。不但这样，我还记得你同他们说话的时候神色非常愉快。所以这似乎表明置身在大自然中还是能让你感到快乐。"

"这个，我该如何解释呢？我觉得，我们的身上永远都会残留着这些兽性。因此，我认为，有的时候我们可能会希望晒一晒太阳，坐在草坪上暖暖身子，或者可以在森林里奔跑嬉戏的吧。但是那又能怎样呢？又能说明什么啊？我明白，恋爱中的人喜欢在夜晚散步，沐浴在夜光之中，但是作为一个没有恋人的女士，我觉得月色是最让人讨厌的，它总会让我想起死人的卧室。"她忽然停下脚步，微笑着说道，"这真是愚蠢啊，此时此刻我们还像在多年以前那般，继续争论着这些无聊的东西，但是最后还是一样的结果。过去我们往往争得面红耳赤，最后生气了背对着对方，好多天都不跟对方说话，你忘了吗？现在咱们能停止这些争论言归于好吗？现在我们都已经实现了自己想要的，也得到了自己想要的东西，我有我的城市，你爱你的乡村，因此咱们不必再吵了。"

埃曼纽尔干涩地说道："我也是这样想的。"

"还好，咱们的意见终于有一致的时候了。不过我讲的话已经够多了……你明白吗？没有嫁出去的老女人就是这样。汉斯特牧师呀，现在该轮到你开腔了吧。请好心地同我说说有关你的事情。我从你妹妹那里得知，在这个地方我也听说了，你的家庭生活幸福美满，有几个乖巧可爱的儿女，还有个人见人夸的貌美如花的妻子，反正，你真的是太幸运了。"

埃曼纽尔其实并不愿同她说起自己的事情，但是他性情好辩，忍不住脱口说道："听你这口气似乎很吃惊？"

"你已经说了，我就承认吧。"

"你之所以吃惊，我知道，这些都是因为你对于家庭幸福的理解和对婚姻生活的看法。你觉得婚姻不过是色情的游戏或者是娱乐罢了。其实有段时间我也有这样的想法，不过我很幸运，早早地发觉了这个错误。"

"抱歉，汉斯特牧师，不过呢，这些看法你是从什么地方学来的？这是你自己的看法而已，别人从未说过，你就擅自安到别人的身上，过去你就喜欢这样，现在你又来了。实际上，你知道我对婚姻所抱有的真正态度是什么吗？也许你并不了解。"

"我很想听听，肯定的，你的见解肯定很独特。"

她自顾自地笑着。

"你真的很想听？也好，我就不藏在心里了。但是我得说清楚，你是绝对不会在我这里听到什么独特的见解的。你晓得我对于事物的看法一向都是保守的，可能在婚姻方面会比其他的更矜持呢。如何使婚姻生活幸福快乐，我的看法同老一辈的看法一样，没什么独特见解。他们说婚姻必须在心灵上契合，这听上去有些浮夸。在现代社会，我觉得更应该称之为'神经的感觉相同'这样的吧。"

"神经的感觉相同！这确实是一个听上去让人开心又新奇的说法，假如有人没理解这是什么意思，你可以再解释一番吗？"

"嗯，没错。"她笑道，"但是我跟你说过我现在已经成了哲学家，因此假如我没能解释明白，你必须谅解，那是由于我思想有了进步导致的。行了，那么……"

她突然缄口不语，将脸靠在伞柄上，笑容之中带着沉思的味道，看着前方。

"如此，是这样的，"她一边走一边解释，"两个人的神经保持相同的感觉，我是说两个人看到的，体验到的，听到和读到的东西，对他们心灵产生的感觉会很相似。比如，欣赏一首音乐作品或者看到这样的美景都会让恋人们产生一样的感受，绝对不会让一个人觉得开心而另一个人觉得难过，我的意思你明白了吗？生命之中各种各样的事情，从嬉笑的事（比如打碎了盘子）到最最重大的事情（无论是开心的还是伤痛的），都必然会让他们有所感触，在他们的神经受到感触的时候，肯定会引起同样程度的感情的。所以，所谓

'心灵上契合'，便是恋人之间的神经要保持一样的接受能力，一样容易被一些东西感动，一样不容易被另外一些东西感动，对我这个完美的逻辑你难道不赞叹一下吗？不过这接受能力的强弱程度和类别，"因为埃曼纽尔没有说话，她便接着说道，"是由我们接受的教育、职业、阅读的视野还有同他们的交往造成的，同时还是我们的父亲，上一辈人，甚至是我们最远的先人造成的后果，对吧？如今你知……"

"说得太棒了！"埃曼纽尔中止她继续说下去，抬起头来哈哈大笑，"如今我是懂了，一个人要同另外一个人幸福地生活，那另外那个人必须方方面面都像他才行。也就是，这两人必须要有一致的朋友，受过同等的教育。为了让事情变得更加完美，还必须同一个父亲，同一个母亲，同一个祖宗，换句话说，他的另一半不就是他自己吗？！没错，田内绅小姐，你说得很有道理。从现代社会的含蓄说法看，只有自恋和个人主义才能长久地维持值得信赖的爱情。这一点我同意！"兰熹儿小姐皱着眉头，神情不悦，并未回答。

"现在让我再进行一次说教吧！"埃曼纽尔接着说，口气越发激动，"我觉得，甚至你的看法也是这样，你会认为人的最终目标，也是他们追求幸福的目标，是自我的发展，是能手握更多的权力和拓宽更多的眼界。总的来说，就是极力发挥出自己的潜能，我说得对不对？"

"嗯，没错！"

"但是，暂且不用'爱'这样浮夸的词语，从哪个人的友情和亲密的关系那儿，我们期盼可以获得精神上的自我发展和成功，因此期盼着最后获取那最大的幸福感和快乐。从哪些人身上获得？那群想到的、看到的、感受到的、做到的都跟我们所想所看所感受到的完全一致？莫非不是那些人吗！那些人可以开拓我们从未想到的新视野，可以给我们带来新思想、新情感，因为他们接受的是不同的教育，可以让我们增长见识，将我们各方面的能力发挥到极致，此外，这样似乎可以使我们的世界变得更大，我相信事情便是如此，不但这样，我知道就是这样的。我说的是用极大的代价来换取这经验的说法。"

"但是你这是在舍本求末啊。"兰熹儿小姐忽然发话，刚刚她并未完全听清楚他所争辩的话。

两人正说着，忽然被医生和夫人打断了，他们夫妻正站在路上等着两人赶上队伍。

"好啦，汉斯特牧师，我们这次真的不能让你离开了。"医生脸上带着微笑，露出他那口白牙，说道，"我们家就在附近，而且现在这个时间你赶回去吃饭也晚了。"

埃曼纽尔诧异地看着周围。原来不知不觉中他几乎已经走完了金登禄赛的全部路程。那镀金的公鸡就在前方发着光，就像十五的满月一般。"你这次肯定不会拒绝的，"哈辛太太也说道，她那温柔的语气诚恳无比，"假如你怕你的夫人担心，那我们就让人骑马过去跟她说一下。"

在接受这个邀请之前，埃曼纽尔犹豫了片刻。他宁愿委婉地拒绝对方。这七年里他一直将自己封闭在自己划分的朋友圈中，只有在这个圈里，他才会感到自在。此外，他也不愿意同哈辛医生再有进一步的相识往来。不过从另一方面来说，他担心对方会将他的拒绝看成是因为害怕导致的。他肯定兰熹儿小姐心里也会这样认为，而且她还会将这件事情告诉自己的妹妹和家人。此外，他不能欺骗自己，他确实还是感到很好奇，也希望可以消遣一下时间，看看大家常说的哈辛医生的那具有艺术性的房子究竟怎样。而且，他同兰熹儿小姐的谈论才刚刚引起他的兴趣就被中断，他甚至有点期待等会儿能继续这个话题。

6

一个钟头后，埃曼纽尔便坐在了哈辛医生那光线绝佳的餐厅里，餐桌已被精心布置过。

一走进房间，房屋里面让人称赞的装潢设计就马上让他觉得不安和拘谨。他没能彻底摆脱这种拘谨的感觉。这房间中的摆设和家具，很多地方都让他想到了他爸爸的家。在地毯上走路，置身在那些装饰精致的家具和好几面大镜子之间，那几面镜子在各个角度都可以将人的全身照出来，都被一群裸体雕塑和油画围绕着，再一次看到那铺着天鹅绒垫子的安乐椅……这一切都让他感到不安。起初，他一看到这些华丽的装饰就感到浑身不自在，他真的后悔来了这里。特别是大厅处有位美丽的侍女出来接待他的时候，他更觉得不安了。这侍女的衣服上有着又蓬松又短的袖子，头上戴着古板又僵硬的帽子，她走上前来，面上露出女仆常有的僵硬的笑容，接过他的手杖和帽子，然后就开始为他刷大衣。她称呼他为"牧师大人"。他很想自己亲手来刷，然后坦诚地说：

"我说孩子啊，不要使我把自己看成笨蛋，我喜欢自己刷皮鞋。因此，我自己也可以来刷裤子上的灰尘。"

一看到华丽的餐桌上摆着各式各样美味的菜肴，看到来自威尼

斯的瓶子和昂贵的瓷器，他的心里感到十分地厌恶。在敌方的阵营
中他受到了热情的招待，在同道朋友和信奉"主义"的人眼里，他
感觉到了自己要承担的责任，他觉得自己对这些必须得有所匡正才
行。对于哈辛的妻子提出的有关郊区民众的好玩的问题，他都一一
详细又礼貌地进行了回复。不过，他自始至终都在防备，神情一直
都是严肃又近乎阴沉的，他在用这样的态度来默默对置身于这样奢
靡环境中的人表示抗议。

　　哈辛医生的餐厅装修得非常有意思，一半采用现代风格，另一
半则用的是庞贝式风格。红土色墙边的柜子上摆着很多修长的长颈
瓶和瓮。房间最远处的墙上则挂着深绿色的布帛和一些昂贵的收藏
品，里面有意大利美加利卡的碟子、时代久远的手操式武器和精致
的彩色陶器。餐桌的前端，医生正兴高采烈地同兰熹儿小姐说一些
有关现代音乐的事情。而尾部，两个年轻的男女则头靠着头，低声
细语，看上去很是亲密。从他们两个人对视的眼神（起初是深情款款，
接着则是责备的嗔怪神色）来判断，这两人的关系应该比表兄妹更
加亲密。埃曼纽尔和哈辛夫人的对面坐着一位穿着黑衣服的沉默女
子，她的旁边坐着一位长相怪异的老人。那老人大概七十岁的年纪，
身体强壮高大，他的头光秃秃的，显得特别亮，他的脸被那张又大
又宽的嘴巴分成了两半。他那舌头又大又厚，导致他说话的时候无
法被听清楚。他的眼睛又歪又小，而鼻子则像鹦鹉嘴一样。他脖子
那块的皮肤又松又软，挂在下颚的下面就像鹈鹕鸟的那个紫色的囊
袋一般。另外，他按照古代宫廷流行的款式一直从耳朵下方到脸中
间蓄着小小的白色的皇帝胡子——两个半月胡。这便是他整张脸的
轮廓。另外，与那贵族样式的胡须相匹配的是他脖子上戴着黑色的

装饰，上面插着一个卵形的钻石别针，别针上连着一枚胸针和一条金链子，胸针别在衬衫中央，连通一块杂色的大丝绢。他用那块丝绢不停地擦脖子，但是大家都不明白为何要这样。此外，他穿着一件很寻常的灰色外套，那件亚麻衬衫和他的手看上去并不会让人认为他是个很清洁的人。

此人便是哈辛医生和她那位侄子非常在乎的、经常谈起的"约厄欣叔叔"，他是一个地主，拥有"耶格美士"头衔。这段时间，因为他喜欢好马和奢华高价的马车，雇用人数众多的仆人、收藏美酒，再加上他那些秘密的风流情史，他已经坐吃山空，被迫开始变卖家产了，如今他主要靠自己的亲人接济着生活。他同他的妹妹（那个穿着黑衣的沉默女人）一块儿来"拜访"哈辛家人，这一拜访便是好几个月的时间。

约厄欣是那种凡事都会持极端反对态度的人，和他别的性情一样，他一直对于自己这种反对派的身份而感到骄傲。他总是一边拍着自己宽大的胸膛一边称呼自己是不幸的思潮代表。当他售卖自己地产的时候，他发现竟然是一位有钱的农民买了他的土地。他对那些日渐壮大的民主政治依然持反对态度。其他时间里，哈辛的家中绝对不会提到政治的，但是最近一段时间，在他们家总能听到反对议院、反对学校、反对农民甚至反对政府的呼声。尽管约厄欣为政府和郡主效忠，但是他觉得政府太过关注那些发起政治运动的领袖们了。按照他自己的看法，如果是他的话，他肯定会将这些人抓到战船上，流放到克里斯汀塞去，让他们去那边进行劳改，直到他们认错。他觉得这是唯一可行的办法。

既然这样，埃曼纽尔同他见面确实让人很担忧，没过多久，他们担心的事情终究还是发生了。那位"耶格美士"一听见埃曼纽尔的名字，整个头皮立马变成了紫色。他并未同他握手，也没有对埃曼纽尔那冷淡的问候回以应有的礼仪，只见他马上冲到餐厅中，餐厅中哈辛夫人正在安排各项布置。

"你们到底是什么意图？"他大声地说着，依然口齿不清，因为听力不好，他似乎没有意识到自己的声音有多么大，"那个人是未尔必政治运动的煽动者，那是一个疯子，你们居然会拜访他？露朵维卡，你要我同他见面究竟打的是什么算盘？"

"叔叔，你先听我解释！"哈辛夫人用一种与平时不一样的坚定语气说着，约厄叔叔不由得一愣。"你晓得哈辛与我都不会谈论政治的，而且汉斯特牧师为人风趣有教养，跟他交谈，大家可以获取不少见闻和快乐，并不是说咱们一定得赞同他的意见。因此，叔叔啊，您千万不要冒犯他，要记得，他是我们今晚请回来的客人。"

哈辛夫人的警告果然在晚餐的时候起了作用，只见约厄欣僵硬地坐着，就像竹竿一样直挺挺的，用一种骄傲和被侵犯了的态度拒绝品尝所有的菜肴。然而，当他看到自己的反抗大家都没有放在眼里的时候，或者说，大家根本没有意识到他的气愤时，他居然换了一种策略，他疯狂地吃着每一碟菜肴，将刀叉弄得咯吱响，时不时地打断别人的讲话，让他们给他递奶油或面包。"露朵维卡，再给我多加一些猪肝！"借用这些行动和语言来表达他一点也没有将那个狂人埃曼纽尔放在眼里。

过了一会儿，交谈的气氛更加和谐了。其他人的语气都比较轻快，其中常能听见的还是埃曼纽尔那慢条斯理但是很有思想远见的谈话。

他同哈辛夫人慢慢地交谈着，不知不觉地将话题转移到最近大家都在疯狂讨论的问题上。有关人民的，特别是那些农民阶层的，受高等教育的问题。埃曼纽尔随意地表达了一下自己的意见，这方面的话题他故意说自己非常重视高等教育。哈辛夫人则认真地听着，她很容易被别人的意见左右，当她看到别人热衷于一件事情的时候，她也会马上变得很热情。当别人在讨论的时候，她那美丽端庄但是不算特别聪慧的面庞上也会露出思考的模样，她那圆润的脸蛋上带着圣母一样的笑容。好似别人讨论过后，她终于弄清楚了困扰了自己很久而始终无法解决的问题。此刻，她就是这样坐着，将脸靠着手，手肘则放在桌子边沿，有的时候她会用动听的声音阐述自己的看法，事实上这异议里反对的意味少，主要是让对方再深入地解释他的看法。

　　接着，其他人也渐渐地听埃曼纽尔交谈了。埃曼纽尔那无比强烈的自信心和无法抵挡的热情真诚，再加上他那粗布麻衣和大胡子的装扮，让他的外表看上去颇具男性的成熟魅力和坚定的品格。不但这样，甚至因为他常常用传教者和师长的身份出现在农民的面前，已经养成了那种说教的生活方式了，但凡这些方面在对方眼中都觉得非常有意思。此外，对于他们来说，他所说的话题非常新鲜，他们从未听说过，而且他的用词新鲜得让人惊讶，久而久之便让他们对埃曼纽尔产生了尊敬之感。

　　甚至最后那对年轻男女没有再交头接耳，开始听他说话了。那位酷爱自行车比赛的年轻男子看了哈辛夫人一眼，似乎在说："姊姊，你说得没错，这个人确实有些内涵！"另一边，兰熹儿小姐看上去没什么兴致。当大家越来越关注埃曼纽尔的时候，她靠在椅子上，用那长长的指甲不停地捏着面包，直到弄碎。对于他的说辞吸引了大家的目光，埃曼纽尔自己也不由得觉得非常得意。此外，他全然忘了在外面散步的时候自己曾拒绝过的言语，晚餐的时候他还喝了两三杯酒水。之后他的口气就慢慢地放松了。片刻之后，他说话字字珠玑，句子轻重得体，语意表达清晰，他自己都觉得很诧异。

不过，一种厌恶的感觉同时在他心里滋生，那应该是责任感作祟。他认为他应该对大家说真话。来到此处他便是这样认为的，不过这个想法一直放在心底。为什么不大胆地说出问题严重的地方在哪里呢？他扪心自问。他有权利在这样奢华浮夸、精致美丽的环境中，不起来抗议责备吗？这些人傲慢得很，只知道沉溺在自娱自乐的奢华无忧的环境中，对于让人欢欣雀跃、心怀盼望的东西，他们一点也不知道，他的职责难道不是尽全力将这些人从纸醉金迷之中唤醒吗？

此刻，桌子上发生了小小的躁动，原本他用自己可以忍受的挑衅又大胆的语言赞颂着高等教育，还有高等院校传播的全国民众的精神，忽然他话锋一转，说起了这段时间大家都在讨论的政府和人民的矛盾问题。

大家都急切又不安地看着约厄欣叔叔。只见他的头又成了紫色，鼓鼓得就像个快要涨破的气球一般。埃曼纽尔的话语一停，他就面向他俯下身子。

"先生，抱歉！"他的话语笨拙，而且听不大清楚。他一边像聋子一样将手放在耳朵后，那只手看上去一点贵族气质也没有，每只手指的关节上都长着长毛。"我听说你是大家常说的人民解放思潮和投票选举政治运动的忠实拥戴者啊。"

"你说得很对。"埃曼纽尔回答道，他对于关键时刻被打断了话题感到有些不高兴。

"这位先生，可能你会答应我来讲你注意的一件事，这件事会让你改变现在的看法。我只要说了这个事例你就会明白，对国家未来的发展道路和幸福来说，全民参与政治是多么的悲哀，不但这样，而且这样做简直是太有破坏性了。"

哈辛夫人看着自己的丈夫，试图让他阻止约厄欣叔叔继续说下去。但是这位医生除去那正直而有绅士尊严的外表，心底还是像年轻人一样喜欢恶作剧，他假装没有看见夫人的暗示。两人眼见就要面红耳赤地吵起来，他觉得，看两人斗嘴是件很有意思的事情。

"所以，很简单，我就大胆放肆地跟你说说这件事，""耶格美士"接着说，"有一回，已经过了一段时间了，哼！我有个仆人是放牛的，放牛的，你懂吧？可能那个人性情稳重让人尊重，但是这是个无知的人，差不多连最基础的常识也不懂。一说到法律之事，他所了解的关于国家法律的知识，就如同他对中国或者土耳其一样所知道的那样少！好了，我得问问你。"他越说心底的自满就越多，似乎从大家沉默的气氛中，他能感觉到大家都在赞同他，"你真的觉得这样无知的人在领导国家大事方面，同我们尊敬的主人，哈辛医生的影响力一样大吗？他们一样重要吗？"

在这样的情况下，他感觉自己战胜了对方，于是双手抱着胸，又坐回去，等着埃曼纽尔如何回答自己的话。埃曼纽尔宁愿让"耶格美士"三分，回答他的问题时也应该宽容一些。但是他忽然发现别人正在期盼着他的回答，于是在考虑了一下后，他喝了一杯酒，接着说道：

"我觉得无论他对于国家之事如何无知，放牛人都应该和哈辛医生有一样的权利，假如从公平的角度看，他的权利还应当加倍。"

他这句话说得相当坚定，但是听上去很矛盾，导致所有的人都提出抗议了。

"你所说的并没有完全代表你的想法吧？"甚至连哈辛夫人也开始疑惑了。而约厄欣叔叔靠着他的妹妹，用手遮住耳朵，用一种他自己觉得很小声的语调说着："他讲的什么？他刚才讲什么了？"

"我觉得道理很浅显，也很明显，"埃曼纽尔接着说道，他因为大家都反对他而变得更加多话，"我不明白为何一个人的身份对他在国家上的事情影响如此重要。一个人出生在穷困的家庭，他也许是不行的，所以，与那些出身比他好得多的人相比，他更应当被照顾才是。至于你说的无知，可能是因为书读得少。啊，这只是说国家并不想多花费财力让他接受更多的教育而已。但是，这并不能作为对待他就像后妈对待继子一样啊。相反，在这样动荡的时代，受苦最多的人一直都是那些弱小和穷困的人，所以，最公平的办法就是给予他们一样的投票权。假如这个世界真的公平的话，对政府影响最大的属于那些承受着危机和风险最多的人，而不是那些花钱最多和掌握知识最多的人。无论如何，我的政治理论便是这样。"

"但是你差不多是个，你简直就是个社会主义者啊。"哈辛夫人说着，一边用手撑着下巴，一边看着天花板出神。

"我不能肯定我是否为社会主义者，假如我所说的论述具有社会主义的性质，那我便是个社会主义者。大家不用这样惊慌。"

"他又在讲什么？他说自己是社会主义者！""耶格美士"惊得连说话都说不清了，他又靠着妹妹窃窃私语，似乎妹妹便是自己的

118

听话筒一样。

"汉斯特牧师，但是你不得不承认，"医生开始发话了，"一般来说，至少是大多数的情况，群众并不具备良好的判断能力，应当如何做才是对自己最好的实力。这些判断首先得具备经验和知识。举例来说，这些绝对是乡下的农民缺少的。当然了，世上没有绝对的事情，这一点我承认，然后一般的情况是，我肯定现在的农民阶层仍然就像毫无经验的少年，目前的情况便是，这些大孩子不好管理。如果现在就让他们自己判断事情的话，他们会陷入各种各样的不幸，这恐怕是无法规避的了，你觉得我说得有道理吗？"

"我不晓得你对农民们没有信心是如何出现的，"埃曼纽尔说道，"历史的迹象表明你所担心的都是多余的。相反，从历史的经验看，这种判断缺乏公正。"

"你不能说明任何一件事都是因为满足了农民阶级的愿望而且听从了他们的意见而让国家遭受伤害的。然而，另一方面来说，因为国家忽视人民的呼声，最后陷入一个接一个的困境之中，这样的例子比比皆是。但是事情还没有结束，我敢肯定，国家的明智、勤奋、忍耐、奋发向上还有才能，这些品质都可以从农民的身上找到。历史便是证据，从古到今，任何一位比同代人更伟大或者智慧的人，向上追溯几代，能发现他们都有农民的血统。但是我们几乎无法找到一位根基是来自于上层社会的人才。那些贤才继承了农民们的节俭、坚强和勤奋，现在也是如此，他们年轻而又有朝气，活跃得不得了，最后年复一年地从乡下去了城里……每年城市那边也相应地将一群身心残缺的可怜人送到乡下，在乡村这种活力和清新的地方让他们恢复。这片有耐心、上好的丹麦大地，情况也相同，一年接一年地将最营养的粮食送到城市高楼中，回收的却是那些粪料化肥！"

可能是因为情绪太激动，他越说越激烈，然而，当他坐下来，那副棕色胡须的样子，被他的几杯酒、演说和对自己的职责和信念弄得脸红脖子粗时，反而与激动的情感变得很匹配。似乎他的脸上浮现出了一位先知者才有的神色，在餐厅强烈光线的照耀下，他的眼正发出熠熠生辉的蓝色光芒。

他说完后在场皆是沉默。医生对兰熹儿小姐说的话才让这气氛不再寂静。

"兰熹儿小姐，你怎么看呢？让大家来听听你对于这件事的见解吧。"

她本来无精打采的，现在立马有了精神，说道：

"我同意汉斯特牧师所说的。"

"什么？你居然同意！"在场的人都惊讶得大叫。

约厄欣叔叔听到妹妹转告的这句话后，不由得将手放在头上大声嚷着：

"上帝保佑！"

"不错，我得承认，"她脸上的神色很淡然，"我也觉得我们的祖国，冬天漫长而且寒冷，生活环境非常困苦。我们在的这片土地，可能如同北方一般，没有受到文明的升华，还会像格陵兰那样，人们会在夏天钓鱼打猎。哎，我是要说什么的？"

她看着周围，笑得有些尴尬。

"没错，我又想起来了。汉斯特先生描述的国家里，这些都是很寻常的啦，最重要的东西就是宽阔的额头还有强有力的肩膀。就像汉斯特先生说的一样，历史的经验告诉我们，丹麦这个国家的人，耳距不到二十寸，胸围也没有四十寸，很快就会被灭亡了，不是被风吹跑了就是被冻死了。我赞同汉斯特先生的话，我们这群可怜人之所以能活下去，都是那些农民在赐福，我一直都明白这一点，一直不敢忘记啊。"

说完之后她又露出了尴尬的笑容，大家无法确定她的这些言论中哪些是真的，哪些是讽刺的。

但是，看到两人的谈话火药味十足，医生觉得应该在玩笑发展成争斗之前结束它，于是说道："好了，咱们去隔壁房间吧？"

大家站起来，互相客气地礼让说："您请吧。"埃曼纽尔还同兰熹儿小姐握了握手。

兰熹儿小姐说道："汉斯特牧师！我真是佩服你，不得不说，您随机应变的本事是越来越高了啊！"

7

客厅点着七八盏照明灯，那些灯放在桌子上，每一盏灯上都套着暗色的罩子。这样的话，客厅的光线就显得柔和一些，在放着天鹅绒坐垫的椅子上休息是再好不过了。客厅里的椅子有很多，足够每个人都坐着。

窗户之间有个门，直接通向一个顶上盖着玻璃板的阳台。阳台被布置成一个完美精致的花园。里面放着长茎植物还有棕榈树，红灯笼垂在屋顶，就好似月亮升上天空，将柔和的光芒洒向花丛和草叶。阳台有扇门可以直接通到花园，那花园的位置比阳台还要低，在房间里可以看到草坪的模样，上面有玫瑰丛、忍冬花、高大修长的白杨树和一些石瓶，这些花草都笼罩在夜晚暗淡而庄重的光芒中。

"田内绅小姐，现在我觉得你会发发善心为我们弹奏一曲的吧，"医生说道，"我猜大家都认为听些安抚人心的曲子会让心情更好一些。"

"我乐意弹奏。"兰熹儿小姐说道。"假如我还记得曲谱的话！"她又解释道。此时此刻，她就站在钢琴旁边，先用钢琴师柔软手指的方法弯了弯指头。埃曼纽尔则坐在阳台边的椅子上，他此刻仍然还在想着刚刚在餐厅里的讨论，他宁愿接着说下去，也不想在这里听音乐，所以他表现得不是很开心。此刻大家都舒适地躺在椅子上，唯有约厄欣叔叔仍然还在餐厅没出来，不过大家听得到他正在跟妹妹大声地诉苦。不过，当兰熹儿小姐开始弹奏的时候，哈辛医生走到餐厅那，打开门做了一个嘘声的动作，约厄欣叔叔顿时就没再说话了。

兰熹儿小姐似乎要净化空气一样，先用力地上下弹了几个按键。紧接着她淡然地将手放在膝盖上端坐着，动人的音乐接着就仿佛从远处飘来。

姬达小姐隐藏在房间最黑暗的地方。从下午到晚上这段时间，这位年轻的姑娘有了巨大的改变，她变得不爱说话，神情变得庄重。吃饭的时候，她对爱弗雷·哈辛不那么感兴趣，几乎没怎么关注他。但是另一方面，她开始关注埃曼纽尔的一举一动了，埃曼纽尔一说话，她便会充满极大兴趣地认真听。

此刻她坐在黑暗处，用一种好奇的目光看着埃曼纽尔。她向前倾着身体，手肘放在膝盖上。附近的红色灯光照着她的脸，而她的身体则隐藏在黑暗中。她长得很像哈辛夫人，她的脸庞很像圣女，嘴巴和下巴的线条非常柔美，看上去忧郁又多愁善感。她的鼻子坚挺有力，脸颊的线条也很坚毅，她那棕色的眼眸中正不动声色地燃烧着热情的火焰，她那对黑色的眉毛向上挑着好似一双飞翔的翅膀。当兰熹儿小姐弹完第一曲，正同哈辛医生谈论着有关作曲家的事情时，她悄悄地跑到房间另一边哈辛夫人的身边。

她将身子靠近哈辛夫人，偷偷问道："婶婶，他真的和一个农村女孩结婚了？"

"我的孩子，没错。"

"跟货真价实的农村女孩结婚？"

哈辛夫人重复自己的回答，拍了拍小姬达的脸蛋："没错，孩子。"

她把手放在哈辛夫人的椅背上，又站了片刻，目光一直注视着地面。当兰熹儿小姐接着弹奏的时候，她又悄悄回到自己的位子，重新关注埃曼纽尔。

爱弗雷·哈辛就站在她附近，他想让她关注自己，但是她好像并不买他的账。当他从旁边找了一根长羽毛刷，用刷子点她的时候，她居然用一种讨厌的目光看了他一下，他感到十分惊讶，差一点就要从椅子上摔倒了。

刚开始的时候，埃曼纽尔没怎么听兰熹儿小姐的弹奏。她的一首曲子是用当代的手法演奏的，这让他很不喜欢，感觉就像听猫在演奏一般。他将头向后靠着，仍然沉浸在自己的思想中。他看着房间里的装饰，里面挂着画，角落放着白色雕塑。听着听着，他感到有些困了。以前的这个时间他早就睡了，房间如此昏暗，加上白天经历太多的新感受和印象，以及自己一番慷慨激昂的演说之后的倦息反应,再加上刚才他喝了几杯酒,此刻他感到眼皮沉沉的,想睡觉,他感觉要努力挣扎好久才能让自己清醒,不至于睡着。

不过,过了片刻之后他开始听钢琴曲了。他耳中听到了那熟悉的有名的调子,那样庄严而有冲击性的声音就好似从另一个世界传来。最开始的时候他没有想起来这个曲子叫什么名字,他也不知道这曲子究竟牵动了什么样的情感。那是一种既欢喜又忧伤的调子,让他觉得怦然心动。过了一会儿,他想起来这是他妹妹最喜欢的肖邦创作的送葬进行曲。很多年前,清早他妹妹都会在家里弹这个曲子。之后,他周围的一切似乎忽然有了变化。他置身在自己的老家,而不是在哈辛医生的客厅。烛光之下,他的妹妹贝娣正坐在琴椅上弹钢琴。没错,就连阳台那边飘进来的紫花的香味,都是他童年时代父亲的老房所拥有的。最后,这样的感觉几乎让他沉溺下去,无法摆脱,就好像他的思维和意志都已经被音乐控制住了,他承认自己迷上了这种无法控制的魔力。

弹奏结束之后,他立刻起身,他得赶回去了。

他草草地同在场的人告别,在谢过招待自己的哈辛夫妇之后,很快他就起程离开了。

甚至在路上,他还是在那魔力的蛊惑之中,没有彻底解脱,尽管他在走路的时候使劲地敲着他那根手杖,甚至手杖底下的铁箍都要在地上擦出火花了。夏夜这寂静的景色淡然而庄重,道路两边像常青树一般的白杨和那斑斓的天色都在强化兰熏儿小姐弹奏的音乐魅力,似乎音乐一下子有了生命一般。那乐声穿过曲折的小路萦绕在他身边,还没走到郊区之前,没有看到郊区内那家乡一样众多的小山丘出现在地平线前,他仍然感到很不自在。

这个时候，埃曼纽尔成了哈辛医生家中大家热烈讨论的话题人物。约厄欣叔叔上场讨论，大家同意他发泄内心的不满，他当然要充分利用一下这个时机了。总的来说，哈辛夫人对埃曼纽尔赞誉有加，甚至连哈辛医生也认为"他真的很出色，我很赏识他的才能和智慧。"

埃曼纽尔走了不久，姬达小姐就同大家道了晚安后睡觉去了。

兰熹儿小姐一直没怎么说话，她对晚上自己的表现不是那么满意。她同埃曼纽尔说的那些话都是出自真心的。这七年来，她无一不在期盼着有一天她忽然出现在这个地方会让他惊讶。因为一直对这一天有盼望，因此才能让她战胜对乡村生活的恐惧，并接受哈辛夫人诚挚的邀请前来这儿小住。

她到这个地方当然不只是好奇。自她七年前同还是助理牧师的埃曼纽尔分离的那一天后，她一直觉得很羞耻，她很想不再有这种想法。两人分手之后，她终于清楚她对于他的感情并非是自己想的那种友情。与他朝夕相处，她的心灵已经感受到了那种沉静的爱。从那个时候开始，她一回忆起这段往事就觉得很羞耻。一想到自己心里藏着的那个人，即使只在自己心里占很小的一个位置，而这个人最后居然娶了一个农村的姑娘，她感受到了羞辱。她得让自己比他有优越感才行，得提升自己的层次，强过他。不这样的话，她的心难以平静和安宁。可惜的是，她同埃曼纽尔的相遇仍然未能带给她期待中的满足感。

8

牧师公馆的人对于埃曼纽尔这么晚还没回来并不感到惊讶。他回家后，汉姗居然都没有问他晚上究竟去了哪里。以前他顺路拜访什么地方的时候，经常会被那些同道的朋友留下来，最后不知不觉就忘了时间，这种情况她早就习惯了。第二天的早上，埃曼纽尔告诉汉姗昨晚去了哪儿，遇见了什么人。有时候，他宁愿自己忘掉这件事情，他醒来之后觉得心情抑郁，想到昨天晚上发生的种种，他就越发觉得自己愚蠢而莽撞，不由得懊恼万分。

他想："所有的人都知道这群人所在地方的空气已经被污染得多么严重，甚至再过八年，也不会出现这样理智的人能够在他们这样的生活中控制住自己。"

他将昨晚发生的事情看成一个警告，希望自己以后会更加小心，防范约束。不过另一方面，他去哈辛医生家还是对他有些影响的。这次访问唤醒了他几个月以来一直困扰自己的冷漠，这一次的拜访终于让一直以来伤害他的冷漠消失了，他终于又有了活力，雷蒂去世之后他那呆滞愚钝的思维也不再出现。在家中，他又感到很满足很高兴。每天早上他会哼着曲子去马厩做事，而且不厌其烦地用一种滑稽的口吻向妻子述说着医生的房子，还有他家人的情况，特别会提到约厄欣叔叔。他跟她说房子的装潢和摆设，并准确地描绘饭桌的样子，还有各种各样的菜肴。尽管汉姗从来没有问过那天去医生家的具体情况，而且在他谈话的时候一直看着他，似乎不怎么相信他居然会这样开心，但是他一直在说餐桌之上的高谈阔论，还有跟不同人之间的对话。

星期天，几乎没什么准备，他还用以前用过的那种振奋人心的真诚的布道方式。这一天他从圣马克福音里选取了一段经文：在荒野里用几条小鱼和五片面包喂饱很多人。按照他的习惯，他会先将这样的画面对听道者描绘一番，他用诗意的语言描绘：沙漠之中庄严的寂寞景色，那一望无垠的天际，如同锯齿一样的石头，从早到晚一直照耀在岩石上的太阳滚烫的光线。

接着，他话锋一转，说道：

"有关那些小鱼和面包，大家可能会怀疑这东西无法入口。咱们来说一下这个问题。有些人会说：'不，这样少的食物竟然可以喂饱四千个人，而且能剩下满满五篮子的食物，这简直就是痴人说梦。农民还可能会相信，但是你觉得我们会相信吗？'没错，那些可怜人就是这样说的。他们不懂，也不承认除去那种真实的让胃感到难受的饥饿感之外，还是有别的饥饿感的。然而我们明白什么叫精神上的饥饿。啊！我们明白这些能喂饱人群的食物是什么，大家都会有意志不高、思想软弱的时候，我们想一想，在大家的四周有那么多的荒地，我们找不到清泉在哪里，并且觉得天界和人世间所有的东西都无法让我们饥饿的灵魂填满……忽然在某一天发生了一件事，或者说大家忽然听到了一些天主赐福这些让人欣慰的话，看吧！我们看到所有的花苞都在绽放，哦，我们的心灵几乎就要被激动和希望填满了，这些愉悦和希望多得可以让我们转移一些给别人！没错，我的友人，我们都晓得软弱的时候，是吧？不过我们必须得忍耐，而且坚定我们的信念和期望。我觉得，目前丹麦这个国家正在经历一段冷漠时期，到处都是令人失望的气氛，到处都是这样的声音：'这些都是徒然，我们为了真理和正义而努力，但是我们已经被专断和谎话给包围了。我们陷入没有出路的沙漠中，我们无法走出来，也不能让沙漠变成绿洲。这些都使我们无法继续前行，让我们回到古埃及人和他们的物质生活中去吧。'死亡跟着那些怀疑者身后的引诱者，像幽灵一样用一种温柔的如魔鬼一般的调子回答：'没错，你们向我投降，我便会赐予你们这世上的宝贝！'"埃曼纽尔的脸颊忽然变得通红，嗓门也变大了："不行，不行，我们绝不可以屈服！那位将精神的食物送给以色列群众而且通过自己的祝福让那荒漠中的五千人不再饿肚子的天主，我们一直信赖他！再说了，我们是天主的百姓，他垂爱我们，召唤我们，我们一辈子赞颂、感激他的恩德，不能屈服，滚吧，一切怀疑！滚吧，一切懦弱！"

布道结束之后，百姓们跟以前一样，聚集在教堂口跟他致谢和握手。不过有些却是一脸不快地离开，他们觉得埃曼纽尔最后说的是在针对那些主张改变策略的领袖和织工韩森的……这段时间，越来越多的人认为，这方面就算是低程度的抗议，也让他们觉得名誉扫地了。

埃曼纽尔并没有察觉到这些人的不满情绪，这么长的时间，他只有现在最开心、最轻松。

下午，在牧师公馆里，埃曼纽尔建议所有的人，包括尼尔思、塞仁和阿比侬趁着这么好的天气驾着车出去兜风玩乐，晚餐就在户外进行。他们将装着弹簧垫子的马车拉出来清洗了一下，准备了好多食物，而汉姗和两个孩子换上了他们最好看的衣服。换衣服这件事是埃曼纽尔特别希望的。"这样的话，我们至少可以展示出我们的好行头。"汉姗穿着一身黑丝裙子，头上戴着与结婚礼服配套的那顶用珠子装饰的帽子。埃曼纽尔搂着妻子的腰，说道："我敢打包票，这个国家里，你绝对是最美丽的牧师夫人！"下午四点，他穿过院子亲自去安装马鞍，不过当他刚打算取下缰绳的时候，希果丽就穿着那身最好看的衣服急忙地跑了过来，她眼睛都快掉出来了，跑得上气不接下气，激动得什么话都说不出。

之后，她大叫着："爸爸，有两个好美丽、好美丽的女士来了，哎呀，你赶紧出去见她们啊，她们到了客厅！"

埃曼纽尔差一点就要骂人了，他很快就知道那两个人一个是兰熹儿小姐，另一个就是医生家的亲戚了。

他问女儿："你妈妈在客厅吗？"

"她在啊，在的，哎呀，爸爸，你快点啊，动作快一点啊！"

"不要傻站着了，看上去就像个小傻瓜！"他生气了，而希果丽本来还在又叫又跳又拍手欢呼的，忽然脸红了，灰溜溜地跑了。

埃曼纽尔不紧不慢，先淡然地套好马匹……不过，他的心觉得很不安。不管怎么样，他没怎么想那两位女士，而是在想妻子汉姗，不知道她看到这两个人来拜访会有什么想法，她又如何招呼客人呢？

忽然，阿比侬趿拉着那木鞋匆匆而来，将头探进马厩的门。

"埃曼纽尔在吗？你得马上过来，有两位女士来找你了。"

"上帝，这句话你又要跟我说？"他忍不住说道，"我知道了，知道了，希果丽已经同我说过。"

阿比侬不喜欢对方这样的口气，不由得露出惊讶的神色。

"我又不知道，是汉姗让我来喊你的！"

她气冲冲地转身趿拉着木鞋啪嗒啪嗒地跑了。

9

此刻，兰熹儿小姐正坐在客厅窗户边上的摇椅上同汉姗聊天。

汉姗坐在以前常常坐的那个炉边的位置。因为她不怎么对不认识的人表达善意，所以对于两位女士的来临，她的脸上很明显地表示出诧异。老塞仁穿着一身用白线缝制的厚厚的蓝绒线外套，系着一条颜色很明亮的黄领巾，不过那身衣服不太合身，他缩着身子坐在窗子后面的凳子上，死死地盯住来拜访的两位女士。

兰熹儿小姐穿着出去散步的时候穿的那种绿花格丝绸洋装，肩头披着镶嵌着珠子的披肩上，头上戴着系着蝴蝶结的黑色圆帽。而姬达小姐的服装没有变，还是那天埃曼纽尔去医生家的时候穿过的衣服。

兰熹儿小姐坐在椅边上，情绪激动，脸颊像火一样红，眼眸之间流露出一种期盼，有时看看房间的布置，有时则看看汉姗这身农村女人的装扮。不过，当埃曼纽尔开门进来的时候，她脸色顿时一沉。因为哈辛医王描述过，埃曼纽尔在家里总穿着奇怪的罩衫。此刻她居然看到他穿着过去她见过的带扣子的背心和灰色的长外套，她觉得一阵失落。

兰熹儿小姐起身说道："汉斯特牧师，很高兴又见面了，我们两个莽莽撞撞地就过来了，不过你夫人平易近人，说你已经习惯了别人的莽撞。因此，希望你没有觉得我们打扰了你的生活。汉斯特先生，你没忘记这位小朋友吧？"她说着，转向姬达小姐，姬达小姐在埃曼纽尔进屋的时候就起身站着了。

埃曼纽尔同两人打过照面后，挥了挥手，让两人坐下来，他则坐在桌前那张凳子上。

过了半晌，他才说道："你们走了很长的路吧？"

兰熹儿小姐笑道："哎呀，其实也不远。假如从金登禄赛那里走来的话确实很远，但是我们不是这样，正好哈辛今天来这里看望一个患者，我们很想来拜访一下你，顺带看看我以前的家，于是我们就搭医生的顺风车到了'陵脊'。"她说着将身体向埃曼纽尔夫妇靠近了些，继续道："应该是这个名字，我们还得去那里跟医生会合的。从那个地方走到你家要花半小时，这么热的天走过来，我感到很骄傲哦。"

"没错，今天天气是有些热。"

兰熹儿小姐开始跟大家述说附近的地方，还有她沿路看到的新奇事情。在她看来这个地方的变化很大，同她多年前的记忆大有不同，尤其是村庄让她觉得非常惊讶。她说："村庄看起来好多了。"埃曼纽尔解释说村里的花园以前被烧毁过，现在已经重新长出了树木。

汉姗没有说话，埃曼纽尔也并未打算让她发言。相反，他忍住不看她，眼光看着窗外和园子。他不清楚为何两位女士的拜访让他感到这样地垂头丧气，或者说为何他觉得妻子一直在看着两位来客呢。他对她从来都是知无不言，每天他都会告诉她具体发生了什么事。而且他不认为这些是什么不可告人的。

"牧师公馆的变化也很大啊，"他看到兰熹儿小姐正在饶有兴致地左顾右盼，于是说道，"我觉得这种变化你应该不会喜欢，不过每个人有自己的欣赏眼光。"

"汉斯特先生！你又误解我了，我很喜欢这栋房子，它非同一般，吸引着我的目光。这房子感觉安静而且个性十足，我正在用心观赏呢，你肯定是了解见微知著的艺术的。"

尽管埃曼纽尔知道她只是在说着客气话，但是因为汉姗，他还是觉得很感激。他很快开始说别的话题。

姬达小姐则感到梦幻里的形象都不见了。今日看到的埃曼纽尔并没有那晚在哈辛医生家里那样有魅力，也没有了让她沉溺的先知般的气质。这没有精心布置的空荡荡的大房子让她觉得别扭，她心里想到一个大的空的谷仓。而赛仁又让她觉得害怕，汉姗那锐利的眼神也让她觉得尴尬，怎么也逃脱不掉。

直到看到小希果丽的时候，她才觉得开心一些。小希果丽穿着粉红色的衣服，那梳得整整齐齐的金棕色头发上扎着一根黑丝带，她正将头放在汉姗的膝盖里，一看到姬达小姐在瞄她的时候，她立即将脸放回妈妈的膝盖，不过过了一会儿，她悄悄地用那对大眼睛偷窥别人，当她觉得她的偷窥没人发现的时候，她就会踮起脚来跟妈妈说悄悄话。

汉姗并未认真听，只是点着头，用一种母亲特有的爱怜摸着孩子的头发，温柔得不得了。大家的谈话经常忽然变得沉寂，不知道该怎么继续说下去，汉姗不说话让埃曼纽尔觉得更加不安。他以为汉姗是在指责自己，但是他一无所知。除了这些，他感觉到赛仁在这里让大家很不自在。赛仁有些坏毛病，不过平日里他们觉得他的毛病有点多，因此也没有指出来，但是埃曼纽尔今天忽然觉得这些坏毛病被别人知道是多么尴尬。

他起身，露出一个尴尬的笑容，说道："咱们去园子里走走吧，田内绅小姐，虽然你父亲在的时候那种标准的花园现在已经没了，但是不管怎么说，园子里的空气还是会好些。"

"哎呀，那真是好极了！"

大家纷纷起身，埃曼纽尔问汉姗要不要跟他们一起去花园走走，她就最先站起来了。赛仁则走在最后，他一直看着其中一位姑娘，接着又看着另外一个，最后目送她们出去。

阿比侬一直在悄悄听大家的谈话，他们一走，她就从厨房里探出头来问道：

"他们都离开了？"

赛仁默默地点了点头，望着花园的眼神别有意味。接着阿比侬从厨房出来，走到窗户边。

"是，已经出去了！我真是不晓得埃曼纽尔为什么跟这两个女人在一块儿？她们两个看上去跟一双贱人差不多！"

她那愤怒的话语听起来有些古怪，这段时间阿比侬一直都有些奇怪。赛仁同情地望着她。其实，她对尼尔思单相思的事情，大家都已经知道，这段时间尼尔思不知为何竟然无视她身上那股成熟的女人味。

10

未尔必牧师公馆的院子乍一看不那么好看，埃曼纽尔说得没错，上一代公馆主人留下的那个美丽豪华的花园早就变了。过去的树篱每天都会被精心修剪，而现在因为没人管理而到处横生，乱草肆虐，草坪上到处都是野草和蒲公英。由于灌木长得太茂盛，导致人们走路都很困难。各种各样的鸟儿都在这里生活，树上到处可见人工的鸟棚，但已经破损。阿奇迪康·田内绅曾经备感自豪的中国样式的木桥，现在已经成了一堆破木板。只有那几个像教堂的骨灰盒一般的石瓶还被保存得完好。

埃曼纽尔和兰熹儿小姐走在最前面，此刻两人向那条都是榛树的小道走去。走过那条小道便会看到种着栗树的大道，将花园和田地隔开。

以前他们两人每天都会在这里散步和激烈地讨论。埃曼纽尔发现不知何时竟只剩他同她单独走在一起了。他听到兰熹儿小姐走路时摩擦衣服发出的轻微声音，闻到了紫罗兰的味道，以前她在的时候他都可以闻到这样的味道，他突然对这种感觉非常抗拒。跟以前一样，他走路有些轻微的驼背，背着手，将目光放在地上。兰熹儿小姐一边看着周围的风景，一边提着裙子。她提起一点，刚好从后方能看到裙子的褶边，还有她穿的那双皮鞋。

与那天的表现不同，她此刻一直露出亲切的笑容。短短的时间内，她在考察过牧师公馆新主人的生活后，已经彻底恢复了那个自尊的模样，她开始感到心里又产生了那种以前有过的、想取得埃曼纽尔信赖的感情。现在她才能让自己觉得开心些，才能不过于专注某件事。

这个时候，剩下的那些人则在靠近花园的草坪上歇息，汉姗尝试着同姬达小姐聊聊天，两人聊了几句之后便发现沟通困难，姬达小姐不知如何应答，索性就同小希果丽一起玩了。

这一大一小就在草坪上玩老鹰抓小鸡的游戏。汉姗坐在树荫下的凳子上，盯着那个在房间里打量她服饰的女士，只见她脸上露出开心的笑容，那洁白的牙齿好看极了。

片刻之后，她忽然听到一阵谈话声，她陡然惊醒，只见丈夫同兰熹儿小姐正从她后面的那条榛树道路上走出来。

她听见兰熹尔小姐说道："我们一般两周见一次，我们有时候钢琴合奏，有的时候会聊起你，我跟你提到过的。我很早前就知道了,你的妹妹是那样地爱着你,因为她经常跟我说很想跟你相见。"

"当真!贝娣常聊起我?"

"没错,这是肯定的啊,你们已经很多年没有见面了。我想你有空还是去趟城里瞧瞧你妹妹吧,她这样可怜。我想那件事你也晓得,自从她那唯一的孩子不幸夭折之后,她就一直很孤单、很可怜,这件事对她打击不小,她这么年轻,得找个寄托……必须承认,你晓得,她那个总领事的丈夫有些缺陷,而且他年纪太大了。"

下面的话汉姗就听不到了,她回过神注视着女儿和姬达小姐,两人正坐在草坪上。片刻之后,希果丽兴冲冲地向她跑来。

她说道:"妈妈,你猜刚才她说什么了?她说她有一个跟人差不多、可以自己去睡觉的大娃娃,还有一个为洋娃娃准备的桌椅齐全外加厨房的屋子。你猜她还说了什么?她说她还有专门为洋娃娃准备的水池,水池上有小船还有鸭子,妈妈,她没骗我吧?"

姬达小姐在那边喊着:"希果丽,过来啊?"

汉姗还没说话,希果丽就兴奋地跑到了姬达小姐那边,她跑过去后一下子跳到了姬达小姐的腿上。

然后谈话的声音又在靠近,汉姗听到丈夫的声音:

"假如那样的生活没什么问题,你也必须同意,对我们那些可怜的同胞来说,我们不应该让群众过着这样奢侈的生活,比如我的舅舅。那些穷困无比、只想吃饱肚子的人,如果看到这样奢侈和纵欲的场景,只会让他们觉得自己的贫困是沉重的负担,他们会觉得难受和嫉妒的。"

"不对,你说的这些我是绝对不会相信的。我刚刚想起来,有一回我经过一个劳工场地,那边有一群有钱人在大太阳底下工作,他们将石块运到货车上。这个时候恰好有两个很可爱的姑娘笑着经过，她们俩可能是这个地方的主人的孩子，这两人肯定就是你说的无用之人了，就跟姬达小姐差不多。她们经过的地方，我看到那些穿着脏衣服的工人们抬起头来盯着她们看。但是我敢肯定，他们脸上那绝对不是嫉妒的眼神，反而他们一看到这样两个漂亮的姑娘，就开心得跟百灵鸟一样，很明显他们很开心，他们的眼神里充满了和善，就像在路上遇见的燕子一般。他们那种身份的人，其实心里明白自己的身份，明白主人的女儿是不一样的，假如他们无法努力达到主人的那种位置，他们绝对不会埋怨什么的，就好比有理性的人是绝对不会嫉妒燕子一般，万能的上帝给了它们可以轻便飞翔的翅膀，同时赐予了我们稳重行走的双腿，我说得有道理吗？"埃曼纽尔则开始热烈讨论，不过他们距离太远，汉姗听不到他说了什么。没过多久两人走到了前面，他们看到汉姗的时候，便向她走过来。

兰熹儿小姐说道："哎呀，汉斯特夫人，原来你在这儿！你先生正在跟我争吵呢，他跟我在任何方面的意见都不同。"

她坐在汉姗旁边的椅子上，还没等她说话，就匆匆谈论着园子里有关树木过多导致树荫浓密的话题，没过多久她便起身说道："我们得走了，不然哈辛医生就不等我们先走了，姬达！"她喊道："咱们得告辞了！"

兰熹儿小姐同他们告辞，当她要跟埃曼纽尔握手的时候，他说道："不用，我还是带你们走一小段吧，我可以给你们指一条路程，只有你们自己走的一半的路程。"

"哎呀，太棒了！"

三人走了以后，汉姗便回屋了。

她走过篱笆的时候停了下来，向田野的方向看过去，便看到那两位女士和丈夫正走过一片麦田小路，渐渐地走远了。

　　希果丽牵起母亲的手，说道："妈妈！妈妈！"她又喊了一声，扯了一下汉姗的裙子，继续说道："你晓得她同我说什么了吗？她说我应该去哥本哈根看望她的，她会给我她说过的大洋娃娃。"

　　汉姗并未留意女儿说了什么，她只密切地盯着埃曼纽尔。只见他站在两位姑娘的中间，一边说一边使用丰富的肢体语言，就像年轻人一般有活力和激情，还时不时地停下来，手指着一些景色，让两位女士观看。

卷 四

1

麦子的收割从雨天开始，看样子也要在雨天结束。每天白天有太阳的时候，天上没有云朵，看上去天色好极了，但是当农民们去田地里开始收割麦子的时候，乌云骤然出现，雷声大作，忽然就下起了冰雹和大雨。

同样是一个糟糕天气的午后，牧师家的马夫尼尔思正躺在床上，敞开着衣服，一只手臂放在头后面。他已经躺了好几个钟头了，跟以前一样，房间里到处都是烟味。虽然午睡的时间早就过了，但是他不想起床做事，反而一直在幻想。幻想眼前出现的是又大又宽敞的房间，从房顶到地板，四周的书柜上都放着装订豪华的书……房里的地板上铺着又软又厚的毯子，还有两个很高的窗子。房内的样式就同上回去金登禄赛拿受洗礼证书的时候在那个牧师家里看到的一样，房子里放着一张铺着绿桌布的方书桌，上面放着几本已经打开的书本。房间里还放着一个像车轮一样大的地球仪，桌子上点着灯，窗帘已经放下来了，他似乎看到自己穿着睡衣，脚上穿着绣花的拖鞋，坐在桌边的摇椅上看着古希腊文学作品。到了半夜三更，屋内外一点声音也没有，偶尔可以听到屋顶上有鸟儿飞过，叫几下。书架上面放着他自己写的作品：有智慧型的著作，有黑底金字有关宗教方面的书籍，还有讽刺世俗的伟大的戏曲和小说，比如写挪威人的。

忽然传来一阵响声，让他回过神来，只听一阵木鞋摩擦地面的嘎吱声从院子里传过来，接着就是抽水声，就像呻吟一般。他知道那是阿比侬在取水。

他自顾自地笑着，仍然躺着不动。他静静地休息，对于自己可以不被阿比侬引诱觉得相当开心。尽管她出身贫寒，但是舍掉她其实不是一件简单的事情。不过他深知假如不舍掉这段感情，屈从于自己的弱点，他一辈子也无法逃脱"马夫"这个耻辱性的低等阶层。他只能一个人，独自一人，最后才能让自己的名声传扬出去。至少，他必须攀上高枝，这样有利于自己的前程。不过他还有一些问题得解决，比如他现在的名字没法让人深刻地记住，假如他取倍恩斯特尼或弗理瑟或阿尼，那效果肯定就不一样了。

一想到当时差一点就跟阿比侬在一起了，他就觉得毛骨悚然。目前他克制自己，当阿比侬向他暗示感情的时候，他可以假装看不到，休息的时候他可以安静地躺在床上休息，听着阿比侬的鞋子在外面嘎吱嘎吱响，他也可以做到心无波澜。但此时他心里想起了阿比侬那曲线分明的身体、红红的嘴、大大的胸部，一闭上眼，他仿佛就能感受到对方热烈的抚摸和亲吻。

他偷偷在白窗帘布的后面站着，向外看着，看到埃曼纽尔急匆匆地从走廊走过来，他顿时觉得面红耳赤。马厩旁边的院子里还放着马具，这分明表示他还没有出去做事……最近这段时间埃曼纽尔变得有些奇怪，满脑子不知道在想什么，跟以前完全不一样。幸好他没有停留，就上了楼梯进屋了。尼尔思这才放下心来，笑了笑，然后边打着哈欠走向马厩。

2

埃曼纽尔走到客厅，看到汉姗正坐在椅子上，腿上放着一个碗，正在剥豌豆。他那兴奋的神情掩饰不住。

他一边微笑一边说："哎呀，亲爱的，原来你在客厅啊！"他说完就去了卧室。

没过多久他就穿着皮靴和灰色的衣服出来了，而且一边走一边系脖子上的红领巾。他一直都是用红领巾来代替领子的作用。

汉姗问道："你要出门吗？"

"没错，我必须去了，芬墟村又出了点问题，我必须去一趟了，村民们不想工作，但是现在秋收正忙，他们不做事肯定不行。"

他正要出门的时候，汉姗忽然叫住他说道："哎呀，我忘了一件事，那个罗士慕·哲根早晨来找过你的，不过你恰巧在田里干活。他说你去年冬季找他借了一车子的麦秆，现在必须还了，否则的话他没法过日子。"

埃曼纽尔呆呆地站着，面红耳赤。

"你说我欠他一车子的麦秆？"

"没错，你似乎答应了他春天的时候还他的。"妻子继续道，"但是他要你现在就还，不然的话他就只能自己去买麦秆了。"

"不过，这样的季节，让我去哪里找麦秆啊，你是这样回答的吗？"

"我只是跟他说我会跟你说的。"

埃曼纽尔将手从门把手上放下来，来回走动，说道："但是，我真的不明白，这样的行为真的不像以前那个罗士慕·哲根做的事啊。汉姗，绝对是你惹恼了他，他一生气便胡乱讲话……奇怪得很，你为什么在待人接物方面这样差劲，不能跟别人好好相处，这种怪癖真是奇怪。我们的友人，都被你得罪了，过后我还必须向他们道歉，这样的情况让我感到很烦，天知道。"

他突然看到女儿希果丽坐在床边的凳子上绣花，便没有再说。

他低低说了句："说这些也没什么用！"说罢嘭的一声关上门离开了。

没过多久他又折回来！走向妻子，将手放在她的额头上。

"抱歉！"他说，"我说的那些不是我心里想的，我说话很暴躁，所以你可能误解了，不要再生气了，行吗？今天真是事事不顺心啊。"他说着又来来回回地开始走动。

"你想，吃了午饭后，我去田里看看，发现大麦居然散在地上，没有捆扎。但是我早上就特别嘱咐尼尔思得全部捆好的。醒了之后，早上忽然下了雨，上面的麦子都被雨淋湿了，下面的则被水给浸泡了。这真是糟透了，你认为呢？尼尔思如果继续这么懒惰，我可不能容忍他了。有时间我绝对会跟他谈一下的，我觉得他这样肯定是乱写文章发表导致的。我听说他这段时间经常出席马仁·史麦德举办的聚会。马仁最近收服了很多教众，我这段时间经常遇到参加过他的聚会的群众。我觉得这幕后黑手绝对是织工，不知道他又在想什么诡计，但是我想的是，那天我跟你说的诽谤教区主席的罪行，一定是他弄出来的。今年开春他还跟我提过，主席同大希施有一些外人不知道的鬼事。教会的群众肯定不会让这种暧昧事情发生，不然的话我们会陷入那些无尽的纷争中……哎呀，我要出发了。"

他又同妻子、女儿点了点头，就走了。

汉姗感到更加的愁苦，这几星期，她脸上的皱纹变得更加明显了。埃曼纽尔这样忽然发怒，然后向她道歉，她已经习惯了……她觉得自己知道埃曼纽尔为什么这样不安。

埃曼纽尔走了以后，屋子里安静得不得了，汉姗的身边放着一个刻着花纹的木质摇篮，小女儿戴格妮就睡在里面，希果丽依旧靠着窗户专心地刺绣。事实上是爸爸惩罚她下午不能出去玩耍，而且妈妈也让她以后小心跟她一起玩的孩子。因为希果丽从池塘玩耍回来，衣服弄得脏死了。汉姗指责她的时候，她竟然顶嘴，说出了不该是儿童说出的脏话。盘问的时候才知道是车匠的孩子教她的。

忽然希果丽将刺绣放在膝盖上，盯着天花板一直看着，片刻之后，她向汉姗走去。

她轻轻地说："妈妈，那天来的那个好美丽的女士你记得吗？就是跟我一块儿在园子里玩过的。"

"当然记得，你经常说到她。"

"没错，妈妈，那你是不是没有忘记，假如我去哥本哈根的话，她会送我一个大洋娃娃啊，她说我可以经常去跟她一块儿住，她还会送给我一个娃娃商店。"

汉姗责备她道："她真的这样说了？你又骗人了吧，希果丽？"

希果丽红着脸垂着头。

汉姗接着说道："但是你刚才说的……离开这儿去哥本哈根，对你来说可能是有好处的。这样的话你就不会惹上这些坏习惯了，去了那种大城市你就会注意干净了。"

汉姗的这段话，让希果丽忽然想到此时自己是在受罚的，不由得又红了脸，羞愧地回到窗户边的凳子上。

房间又变得异常安静，苍蝇撞击窗户发出的声音和阿比侬在厨房里刷碗的声音听上去格外响。

希果丽又喊道："妈妈，如果我能保持衣服干净，也不说脏话，我就可以去哥本哈根了吗？"

汉姗扑哧一笑，说："希果丽，你就这样着急想去哥本哈根见那位女士吗？"

"没错，我很想去，她长得特别漂亮，妈妈，你觉得呢？"

"是的，但是你为什么想去哥本哈根呢？你明白在哥本哈根，每位女士都是这样的漂亮的，而且啊，小孩子也是一样的，你如果不能像他们那样漂亮的话，没有人会理会你的。"

希果丽瞪大眼睛说道："妈妈，我长大以后也可以变成这样漂亮的淑女吗？"

汉姗并未马上回答，想了片刻后说道："嗯，没错，我觉得你可以。"说完便陷入深思中。

3

这个时候，埃曼纽尔差不多到达了芬墟村。

最近这段时间他喜欢独自一人，所以一般不走大路，特意走那些小道，他甚至不愿看到田地里收割的农民，无论遇到哪个，他都觉得心情不好。未尔必和斯奇倍莱这两个地方的百姓有些积怨，虽然曾经因为政治关系而暂时和好，但是政治联盟分崩离析后，这两个地方农民的关系顿时垮了。埃曼纽尔曾经调解过几次，但是都没什么效果。斯奇倍莱的村民们生性好斗，喜欢制造纷乱，他们认为未尔必的村民们在教区中喜欢干扰政事，滥用职权，而且曾恶意攻击主席，甚至想将斯奇倍莱的村民们赶下政治舞台。

埃曼纽尔不走大路其实也是不想遇到兰熹儿。他觉得自己同兰熹儿小姐和她所处的阶层有些说不清的纠纷，而且最近总是会牵扯在一起。他经常会幻想她就在自己的附近，无论怎样，前些天他听说兰熹儿跟哈辛医生一起坐着车子到处为病人看诊。

步行约一个半钟头后，他来到了孤丘，这是大家对这个地方的称呼，其实就是像肿瘤一样的一个小上丘，它的下方便是芬墟村了。他短暂地停留后，看着四周都是那些如梦似幻的树丛，还有金登禄赛—维斯特比诸教区的村庄。雨后的天空显得有些暗淡，村庄的墙看起来特别干净。虽然雾气笼罩着村子，但是他还是可以看到郊区附近的村子。村里的墙在灰色天空的衬托下显得特别白净。他还可以看到高大的白杨树和圆形的老教堂……还有那晚跟兰熹儿小姐一起走过的崎岖小路，他在崎岖的山顶上给她指过那傍晚美丽的景观，不但这个地方，他甚至觉得可以看到位于教堂旁边的哈辛医生的宅子，宅子周围种满了花，同世俗的喧嚣隔离开来。他忽然收回目光，向那个村子走去。

芬墟村位于两条快要干涸的河中央，村子破旧不堪，土墙茅屋看上去就像要倒塌了一样。村子里到处都是破烂的陶瓷、枯萎的稻草和土豆茎堆积的垃圾堆，还有穿着破烂的小孩玩乐的场景，看上去如此让人绝望。

　　埃曼纽尔每次看到这种场景的时候，都会觉得很忧伤。尽管他和教众的成员们尽力帮助这些穷苦的人，但是这里的情况确实不容乐观，每家每户的屋顶都有各种漏洞，也没有窗户，只有那些破布遮着。在帮助了他们七年之后，这个穷困地区的百姓却一点也不感激他。这里的居民经常去土豆地里偷窃，因此很让人讨厌。不管出多少工钱，怎样哄他们，他们都不愿意跟农民们在一块劳动。他走下山坡，走进一间茅屋，那茅屋的墙壁好像被烤箱烘烤过一般，鼓胀胀的就像随时会爆裂一样。房顶上长满了青苔，有个个子很高、身子佝偻的老人正在劈柴。

　　正当埃曼纽尔要走的时候，忽然从老人的腿旁边冲出来一只短腿、身材肥胖的花斑狗，那狗的样子很凶，绕着埃曼纽尔，发出凶狠又低沉的声音。埃曼纽尔从来不打动物，于是便没有继续向前走。

　　尽管老人知道他来了，也知道狗想咬他，但是什么话都没说，仍旧埋头自顾自地干活。

　　最后，埃曼纽尔终于生气了："奥尔·谢仁，这狗是你的吗？"老人没有抬头，嘟囔道："不是我的，我自己便是条狗。"

　　忽然一个怀着孕的女人出现在门口，她一看到对方是埃曼纽尔，竟然马上转身回房，接着屋子里发出阵阵瓷器碰击和人说话的牢骚声。蓬头垢面的人们在门口探出头往外看，都露出诧异的眼神。

　　埃曼纽尔摆脱了狗的攻击之后，便跟着怀孕的女人进了屋。

　　一进门，他就闻到一股刺鼻的酒味和汗水的臭味。他必须弓着腰，才不会碰到上面的蜘蛛网。门半开着，里面光线阴暗，像地窖一样，屋里摆着两个铺着干草的床，一个箱子、一张桌子和两把红色的椅子。这便是白兰地派尔和席温的屋子。席温已经结婚，并且有了孩子，但是前者还是独身，不过两人感情非常好，这么多年都住在一块儿，用同一个桌子用餐，睡同一个房间，大伙儿觉得这两人的友情非同一般，看席温那几个小孩的长相，就能猜出一些了。

"啤酒桶"席温的身材矮小，手脚又短又粗，长相丑陋，他将头向一边偏着，右手手臂放在胸口，使了好大劲才站起来，笑嘻嘻地迎接埃曼纽尔。而孕妇则悄悄离开，似乎觉得自己的生活非常窘迫，让别人知道了是件十分羞耻的事。

席温没有丝毫的羞愧感就用自己脏兮兮的手与牧师握手："真是意外惊喜啊！我们不敢想象，埃曼纽尔牧师，我想称呼应该是对的，居然会来看我们。不过幸好你今天来得及时，主给了我们无能，让我们遭受这样的折磨，我们正需要别人来安慰呢。"埃曼纽尔坐在椅子上，跷起一条腿，中止了席温的抱怨。

"席温，我得认真跟你谈一下！有人说你在跟派尔做事，也有人说你不打算劳动，而是在想什么阴谋，难道你们就不能认真地做人吗？不能让所有人看到你们安定的生活没有争执牢骚吗？我这样做也是为了你们，你们看在我这样努力为你们调解的分上，回报我一次不行吗？难道你们不这样觉得吗？"

席温重新坐在箱子上，假装用一种忧郁的眼神看着地面。

"在主的面前我是罪人，确确实实就坐在这里，我得同你说真话，我比任何人都愿意做那种辛苦的劳动！"他一边说一边用手揉搓自己的手臂，他那条手臂一直贴在胸前，好像是打了绷带一般僵硬。

"不过，我已经得了关节炎，就跟残废了一样，还可以做什么事呢？而且我得养活自己的妻子和孩子，你觉得我惨不惨啊？"

埃曼纽尔瞪着他，中断他的话："行了，行了，席温，事情其实远没有你说得那么悲惨。那晚在未尔必酒店，你跟别人打架，那身手可不像是有关节炎的人。是的，我已经听别人说了，当时派尔也在，他现在在哪里呢？"

很显然，埃曼纽尔今天的口气异常严厉，席温吃了闭门羹，只能两眼望着靠在墙边的床上。

白兰地派尔正面朝上躺在床上，身上盖着一张很脏的被单，只露出一个头。他头发凌乱，脸色苍白，鼻子紫得像熟李子一般。

埃曼纽尔问他席温："他怎么了？"

屋子里的气氛很沉闷，空气污浊难闻，埃曼纽尔感到特别不舒服。

"派尔是病了吗？"

"没错，他头痛，而且得了疟疾，这两样都是突发的，他本来还很好的，忽然一下子全身就开始发抖，牙齿还不停地咔嚓直响，吓死我们了。"不过埃曼纽尔并不相信他的话。这些天他变得很谨慎，而且对于一般的事情甚至很多疑，他很快便知道派尔并没有得什么病，而是因为喝醉才睡下的。因为派尔也想起来说话，但是因为喝多了而无法睁开眼睛。

埃曼纽尔忽然暴怒不堪。对方这样堕落消沉，这样欺骗自己，简直是肮脏至极。他已经没有办法平静了，于是猛地一站，因为用力过猛，椅子摔在地上，发出一声巨响。

"你们两个家伙听清楚了，最好小心些，我们不会永远这么有耐心的。假如你们继续这样，无视我们的忍耐和好心，那我们的关系就不会再有了。你们就等着去贫民收容所吧，我们是不会再来看你们的，也不会给你们任何救济了，懂吗？"

席温收回那副可怜的表情。埃曼纽尔还是第一回用这样严肃的口气跟他讲话。席温额头的那个瘤看上去更沉重了，都快把左眼给遮住了。他笑了笑，笑容看上去邪恶又狠毒。

"哼，事情不可能有你说的那么严重的，"他一边说一边习惯性地揉着手臂，"其实你心里很清楚，我们这些穷人对你还有利用的价值。"

埃曼纽尔诧异地问他："这话什么意思？"

"你不懂？哼，我们也不是蠢蛋，不过在贫民收容所的那些人，我会不知道发生什么吗？有人告诉我，他们没有投票的权利，我敢肯定那是真的！"

"是啊，但是你这样说是干什么？"

"我的意思是，你们想笼络我们这种身份的人为你们投票，否则的话你们怎么可能这么多年一直笼络我们，是不是？你明白，在选举之时，我们这些穷人的投票就跟那些有钱人的票是一样有价值的。呵呵，是的，你清楚得很！"

埃曼纽尔呆呆地说不出话来了。

想不到，教会的人施舍救助这些可怜人，他们居然会有这些龌龊的想法。教会的人简直白白浪费了他们的好心和慈善。对这些可怜的人，他慷慨地掏钱，有些时候甚至自己都没钱，生活困难。看到他们现在的处境，真是可怜之人必有可恨之处。

他气得半死，话被堵在喉咙中，一个字也说不出来。

接着他拿起自己的帽子，冲了出去。走吧！走吧！他内心在这样呼喊着。他没有办法跟这些可怜人在一起了，他必须马上离开这个让他无法呼吸的肮脏之地。

4

他急匆匆地走了一段路，步伐渐渐慢下来。走到芬墟村的外圈，要转入道路的时候，他忽然停住，取下帽子，用手摸了摸发烫的额头。

"不要审判别人，这样才不会被别人审判。"他自言自语道，"为什么只能看到朋友眼里的灰尘，而看不到我自己眼中的木头呢？"

他提醒自己不可遗忘了上帝的这些话，他拿着帽子继续向前。现在回去吗？他的言行看上去不像忠实于基督教的人。他那骄傲的个性正在跟他的内心做斗争。他的眼睛已经被灰尘给遮住了，他只看得到让自己失望和黑暗的东西，那么现在是不是应该把烦扰自己的这个小恶魔给揪出来处理掉呢？

这几个星期他变得特别敏感，路边忽然蹿出一个人来，把他吓得半死。再仔细一看，发现那个人是织工韩森的时候，他心里的恐惧并未减少半分。埃曼纽尔是从韩森那四肢长而脖子短的身形中认出他来的。

埃曼纽尔加快步伐，将帽子戴好。他一向就不怎么相信织工，他觉得这个人的行为奇怪而且城府很深，跟自己爽快的个性完全不合。此外他觉得这个人老是在窥探研究自己，不知道他到底想干什么。

两人互相握手之后，就分开走在路的两边。

埃曼纽尔问他："这段时间情况怎样？应该没发生什么新鲜事吧？"

"嗯，都是些各种各样的事情。"织工回答着，一边将那个红润的手放在胸口，将手指插进背心和美国料子的袖口中，看着田地继续道，"然而事情不会总是一帆风顺。"埃曼纽尔听他这口气，知道他应该有坏消息要说。

他回答道："情况便是如此。"

织工说道："今天我也没有别的事要忙，如果你不介意，让我跟你走一段路吧。"

"行，那走吧！"

两人之后都没有说话，开始走路。

"埃曼纽尔，真是没有想到我在远离府上的地方碰到你，我看到哈辛医生的车子刚刚离开。"

埃曼纽尔没说话。他那天拜访了哈辛医生之后，就不停地被他的朋友们嘲讽，他已经不是头一次忍受像织工这样的讽刺了。而且，织工的这番话让他心里更加不安和疑惑，是不是医生和他的朋友一起去拜访自己的家了呢？

织工开始说今年收成不好的情况了，麦穗已经变黑，假如天气再不好的话，今年所有地区的农民就都不能丰收了。

埃曼纽尔一点也听不进去，他知道织工说话就是这样遮遮掩掩，不到最后不会说出真正的心里话，自己得耐心，听他东扯西拉。

埃曼纽尔想着自己的事情。韩森的话让他想到了一个钟头以前，在孤丘顶端，看着荒凉破旧的芬墟村时想到的一些事。而此刻，站在自己身边的韩森就是从那片穷困的沼泽地里出来的人。

织工就是芬墟村出生的人，他的爸爸在维斯特比教区里的揣格绿塞那个地方养猪，他童年时在四面都是岩石的荒芜之地牧羊。每次提到他的童年时代，他的言语就特别小心。据说他小的时候，有一次目睹了爸爸被主人打，这次事件使他以后发生了很大的变化。埃曼纽尔一想到这样暴力地对待仆人，就觉得心里难过。他觉得，这可怜人长大后努力提高了精神上的层次，并非是因为受到了什么好心人的照顾，而是他自己确实努力了。织工忽然停住，中止了他的思绪。

"我想让你知道，他已经为自己的罪过而后悔了，希望上帝仁慈，能够可怜他。"

"什么意思？他是谁？"

"自然是教区委员会的主席了，你觉得是谁呢？"

"他忏悔什么罪过？我不明白你这话的意思。"

"他终于向上帝承认了错误，说出了自己的罪恶。很久以前大家就这样觉得的。但是哪个会信啊，他是教众的领头人物，在教我们不能奸淫，教导我们洁身自好的时候自己居然不照办。因此，为了基督教徒的情谊，昨天几个朋友去找他，让他不要这样下去了。这段时间流言蜚语很多，都非常不利于他，他的几个朋友非让主席想办法澄清自己的罪行。但是之后，有几件事情他自己都无法解释，当他晓得大希施没有满足他的要求，终究还是把事情泄露出去时，他就承认了。"

"这怎么可能？"埃曼纽尔沉声说道，一边将身体靠着拐杖，似乎地面已经无法承担他的重量了。

织工将目光看着远方的田野接着说道："你肯定会这样说，发生了这种事情，我们所有人都得要反思了。"

两人继续走着，谁也没说话。

韩森建议教会委员们最好召开会议，查一下这件事到底是怎么回事。他觉得大家都需要知道真相，犯下这样罪孽的人，是不配继续当主席了，因为这是会众们都依赖着的最高的位置，这个事情很急，应该及早做决定，剔除掉这个污点。

埃曼纽尔在听韩森说这些话的时候，感觉到他的内心像蛇蝎一样恶毒，不由得说道：

"仁思·韩森，你对这事积极得不得了，很反常啊。因为你一向都是积极支持汉斯·坚生当主席的。我记得当年很多人对于他是否有当主席的能力而感到怀疑，他过去的生活其实并不是那么洁净，但是你说大家不应该考虑他的过去，并且说他很适合当主席，于是大家就没有再议论。如果他真的有什么罪恶，那么你应该是第一个被大家责备的人才对。"

织工那扭曲的脸看上去更扭曲了。

"没错，我承认我支持过汉斯·坚生，但是我觉得，对于领导大家、处理政治方面的事情，他非常适合。但是也像大家说的那样，人无完人，任何人都会犯错！现在的情况应另当别论，我觉得，现在最要紧的事情就是想想阴沟里翻的船如何才能恢复正常。"

正说着，埃曼纽尔忽然被吓了一大跳。他们两个谈论的时候，不知不觉地便走到大路了。就在他们前面，两匹杂色的马儿拉的马车正跑过来，车前坐着一个仆人装扮的车夫。

他一眼就看到了车子是哈辛医王的，他甚至感觉到了兰熹儿小姐那飘扬的头发。

埃曼纽尔尽力不让自己发怒，假装淡然地说着："你的意见是对的，在这种情况下，我觉得让教区的成员开会是有必要的。"

等到马车近了，他才知道刚才看走眼了。车里除了哈辛医生，并没有别人，只见他身穿防雨布，正抽着雪茄。

医生看到埃曼纽尔后就让车夫停车了。

"你好啊，汉斯特牧师！"他一边打招呼，一边伸手跟埃曼纽尔握手，"你好吗，自从上一次相见后，已经很久再未遇到你了。这段时间忙着麦子的收割，我想你肯定很忙。看你脚底已经湿了。"

"没错，今年的收成，很不乐观"，埃曼纽尔没有抬头，只是回答，"大夫，你这是去出诊吗？"

"是的，居住在你附近的一户人家里，因为系牛的绳子缠住了一个仆人的腿，他的腿后来折断了……不过按照他们的说法，那人只是脚踝伤到了，没什么大碍！还有，我差一点就忘了这重要的事了。田内绅小姐有一些话让我转达给你。她一周前就走了，走之前特别跟我说，让我代她问候你。"

埃曼纽尔情不自禁地抬起头问道："田内绅小姐回去了吗？"

"没错，原本她打算再待几天的，但是我觉得她心里还是希望回到城市的。你也知道，她觉得不能在外头待太长时间。但是她好歹等到了我家的一件喜事。我侄子和我妻子的侄女订婚了，那天你看到过他们俩的。他们年纪不大，不过上帝，我们都已经老了，对吧？"

"没错，真，真的是这样！"埃曼纽尔回答，但是心乱如麻。

医生对车夫点了点头，马车便接着前行了。

韩森在路旁站了片刻，瞪着一双红红的眼睛，认真研究两人的对话。医生走了之后，他默默地跟着埃曼纽尔继续走，之后才笑着说道："无论如何，哈辛医生从外表上看很精明。"

"嗯！是的！"

"正是因为他看上去很精明，所以大家就更难琢磨，他的政治思维怪异又可怕。"

"哈辛医生似乎很少关心政治的事情。"

"没错，我就是想这样说，大家觉得他这辈子只生活在开心快乐之中。我听说他的家装修得铺张豪华，他生活奢侈，喜欢享乐，简直是下流。而且他对大家说的都是些蔑视天主、目无纪律的事情。"

他擅长于察言观色，明显看到埃曼纽尔没有听他讲话，于是就不再说话。片刻之后，他停下来跟埃曼纽尔告别后就离开了。

韩森顺着来的路往回走，加快了步伐。下午就快结束了，他还有很多其他事情得做。现在最主要的事情是，在教区的委员会召开会议之前，先得改变群众的看法，煽动他们的情绪。

除了这些，他就没什么可担心的了。与埃曼纽尔见面谈了话后，他终于打消了这么长时间以来的疑虑。他觉得，教会中，政治运动将不会再低迷了。

5

埃曼纽尔慢慢地走着。

天色变得很暗，而且开始下起了小雨。他却没有丝毫察觉。走到家门口，他听到了妻子和女儿的说话声，他听着，犹豫着要不要进去，接着慢慢转身，走到了自己那略显空荡的房子里。他重重地坐在满是灰尘的沙发上，用手捧着脸，他对自己这种行为和心理觉得非常恐惧。

他一直觉得，这几星期以来内心不安，一旦知道兰熹儿小姐已经走了，这种不安就会消失，他并不是觉得她对自己有什么样的吸引力，而是知道她如果在自己附近的话，自己的心里会挣扎，会更加不安。他无法知道她什么时刻会忽然出现在自己面前，然后给自己一个诱惑的氛围。

但是现在，当兰熹儿小姐真的走了，他的内心反而觉得非常空虚，那种孤独的感觉已经无法控制了。

他保持着把脸放在手上的动作，他一直沉浸在自己的沉思中，一直在听着自己的心跳，压根没留意妻子向自己走来。

她停了一会儿，看着他将头靠在膝盖上的模样，问道："你回来了？"

他吓得半死，惊声叫道："怎么了？是你？"汉姗站着，没有回答他的问题。

最后她终于说道："赛仁跟我说你回来了。我们找你很久了，为什么不吃点粥呢？"埃曼纽尔的目光像穿过黑暗房子的光线一样看着汉姗的神色。因为这是他第一次觉得一直沉稳坚强的汉姗说话声音竟有些犹疑。

他含含糊糊说道："好，我就来。"

她将手放在门把手上，又站了片刻，好像在等他跟自己说话。后来，她才犹豫再三地、缓缓地走了出去。

她一直没有转身，只是在走出房间之前说道："你看到哈辛医生了吗？他今天下午来过村子的。"

"大夫？嗯，看到过，你怎么知道的？"

"没事，只是随意问问而已。"她一边说，一边关上门。

埃曼纽尔脸色变得惨白，呆呆地站在原地。

片刻之后，他站起来不停地来回走动，最后站在窗户边，看着外面漆黑一片的园子。他知道汉姗已经知晓了自己的心思，一想到这段时间她独自承受着痛苦，他就觉得伤心难过。现在这所有的东西都必须结束！他知道这是最后一次跟与自己的精神不相符的东西做斗争的关键时刻，是最后一次证明他完全可以不受束缚，再次自由地飞翔，他一定会取得胜利的！

6

第二天早上，有个来自斯奇倍莱地方的人去了山丁吉后，给大家带回了一个大消息：那位年老的高中学监忽然病情变严重了，只怕是不行了。果然几个钟头之后，他就去世了。他是早期农民运动的精神领袖，事实上他也是这个地方农民运动的发起人。三十年来，思想进步的群众都对他无比地尊重和敬佩。尽管这些年他不再像年轻人一样热衷于政治，渐渐也忽视了精神境界的提升，虽然他觉得精神境界才是值得追寻的东西。不过他跟教友们的关系仍然保持得很好，随着年龄的增长，他那花白的头发越多，大家反而越尊敬他。每当他回忆起人民思潮运动最初那段艰苦的时光时，年轻一辈们都觉得好像在听英雄冒险的故事一样。在那个时代，领袖们都被别人认为是毒害青年思想的犯人，都应该被火烧死。他用一种玩笑的口吻说起以前他模仿圣徒做事，赤着脚宣传思潮，走过一个接一个的地方，有时还会被迫藏身于下人们的房间或者马棚里讲道理，那时候校长和牧师觉得他是犯人，到处通缉他，甚至有时候农民也不喜欢他，他们经常会放狗咬他，把他赶出去，让他四处流亡。年轻人听到他的这些故事，反而觉得像在听虔诚的基督徒以身殉道的故事。

因此当他忽然逝世的消息传来的时候，大家感受到的不是寻常朋友去世的那种伤痛，而是让他们忽然陷入悲伤之中的一种深深的、巨大的哀伤。他们感觉失去了精神的领袖。为了悼念他，也为了平息最近这段时间让人不安的事情，教区会议中敌对的成员们不约而同地暂时停止了争斗。但因为老学监忽然去世，保持均衡局面的人物不在了，让人不安的内讧反而更严重了，问题随时会轰然爆发！

织工韩森暂且隐藏自己的激动和开心，教区委员延迟了会议，甚至所有人都没有再提主席的一些罪行，大家都忘了这档子事，现在唯一说的事情就是关于老学监的事了。大家摘下他挂在橱窗上面墙上的遗像，以便更进一步观摩他的容貌和那深邃充满智慧的黑色眼眸。照片上的眼睛好像能够让人想象他年轻的时候是多么的有朝气。大家一直在讨论他的事情，反复诵读他那在仓促之下写出来的简单信件，里面的内容充满着畅快愉悦的感觉和温暖的情谊。傍晚的时候大家坐在屋外，唱着他喜欢唱的歌曲。

未尔必教区居民也对他的死感到震惊。尽管汉姗早就料到他会去世，不过在山丁吉的学习仍然是一件很费力的事情，而且最近她终于明白她心里的那些愿望是无法成真的（未出阁的时候，已经去世的这位学监教导的语言和真诚的信仰，曾让她的心中产生千般的期盼，万分的憧憬），不过她并不讨厌这老学监。相反每次自己陷入困境，不知道如何解决的时候，她常常想起他，在自己的需求没有达到满足的时候，学监似乎是可以让自己信赖和依靠的人。现在他去世了，汉姗想起了学监以前的教诲，让自己深明大义，不由得心怀感激。特别是想到他再三告诫大家："人应当活在风险和真理中。"他常常跟年轻人说很多大道理。一来因为这老人的死让汉姗颇有感慨；二来丈夫还是一副沉默的态度，她的心里暗自下定了决心。埃曼纽尔这样沉默，更加暴露了他心里在想着什么人。自从两位女士拜访了自己家后，她的心就一直在想着这个问题。她跟自己说，她以前的那些期盼每次都落空，已经让自己失望，假如自己依然对这个希望抱着幻想，那结果肯定是徒劳的。

因此，为了自己和丈夫，尤其是为了两个女儿，最好做一个决定来改变现在的生活现状。有一天她会下定决心好好跟埃曼纽尔聊聊，聊聊他们俩从过去到现在关系的改变，可以淡然地、认真地告诉他自己想到的话，告诉他自己想了很久的、想要改善这个家的、让全家人都生活得更幸福快乐的话。

卷　五

1

　　老学监去世还没有下葬的某一天，埃曼纽尔去马厩视察时间已经很晚了，他发现尼尔思居然还在房间休息没有起来干活，长久以来积压在心里的怒火终于爆发了，他怒吼着狠狠地批评了尼尔思。

　　接下来就是暴怒不安的两方骂战，埃曼纽尔气得发疯，于是让他离开牧师公馆，尼尔思马上就走了。等到第二天，当他想重新雇佣工人的时候，便发现这次解雇尼尔思使一些人对他有了不小的意见。教区会众一向喜欢尼尔思，不少人公开声称埃曼纽尔是因为嫉妒尼尔思在报纸上发表了不少文章赚到声誉，才会赶他走的。尼尔思在这段时间算是风云人物了，特别是在马仁·史麦德不停召开的兄弟会议上，大家将他看成重要人物。

　　除了这些，教区里还算没有出乱子，不过大家对埃曼纽尔的偏见，还有他一日比一日更严重的煎熬，使他更加难受，简直让他变了一个人。他的双眼不能经受猛烈的太阳光，一看到强烈的阳光就不停地眨眼。他的脸色很不好，脸颊已经消瘦得凹陷下去了。除去必须要做的家务，他一般不跟汉姗交流。汉姗最近的情绪也有变化，到底是怎么回事他不明白。他看得出妻子一方面还是想得到他的信任，但是另一方面又怕他接近。如此，本来打算好好跟汉姗解释，并安慰她，但是现在找不到时机来调解这些问题了。

出殡的那天，埃曼纽尔从清早就非常激动，惴惴不安。一想到这一天都要跟那些陌生人在一起，与那些曾经误解他、侮辱他、不喜欢他的人在一起，他心里就难受。更要命的是，大家也许会让他在葬礼上发言，来安慰前来哀悼的人们，缓解他们悲伤的气氛。一想到这里，他感到特别躁动难安，一整晚都睡不着。

他跟汉姗准备好，到山丁吉去，忽然有人来传话，爱格勃勒夫人病危，眼看就要不行了，让他马上去进行送圣体仪式。忽然发生的这个事，让他心里的石头落了下去，顿时感到无比轻松。

"你一个人去参加葬礼吧。"他嘱咐汉姗，"我等下就去，你可以找别人一起去，到时候让哲根留船在渡口，我会自己划船过去的。"

那天是个阴天，很容易让人有糟糕的心情，让人想到悲伤的事情。尽管跟往常一样，太阳升于半空，天际有很多白云，不过在等待收割的田地上，天气却忽然变得阴沉。村里所有的地方，还有偏远的地方，孤单的房间外的旗帜都降了一半，以示哀悼。峡湾里所有的渔船都出动了，每条船上都载着身穿黑色悼服、手拿花圈的人，他们都是去参加葬礼的。

埃曼纽尔在十五分钟以内到达爱格勃勒的房屋，他们家位于一个偏僻的地方。穿过已经垮了的篱笆和一块枯萎的马铃薯茎梗和白菜后，他走到了通向爱格勃勒家的小路。忽然一个佝偻的老太太向他走来，说道："她刚刚已经去世了！"

他取下了帽子。尽量安静地径直顺着破旧的地毯，穿过半空的房间，到了卧室里。爱格勃勒先生跪倒在床沿，两手依旧紧紧抱着妻子憔悴的身体，眼泪止不住地流，口里反复念叨着她的名字。附近守候着的是四名有着靓丽发式、姣好容颜、然而苍白面色的孩子。

孩子们呆住了似的朝床上望去，眼神中流露出的满是伤心，就像一个个可怜的小动物一样，甚至是在窗旁板凳上坐着的六岁的小儿子，也明白了将来他们的生活会发生什么样的变化，未来的命运会怎样改变？埃曼纽尔来到床前注视着，低头为逝者祈祷，接着他挪了下位子，缓缓将手放在爱格勃勒先生的肩上。

"伯尔尼赫德！"他轻声喊道。

然而爱格勃勒并未理睬，继续哭泣并呼唤着眼前离世远去的妻子，他吻了下妻子的双手，像拿宝贝似的捧在胸前。

埃曼纽尔随即坐下，希望在他的情绪平稳些，能和外界沟通时，再劝慰安抚他。

埃曼纽尔整个身体依靠在伞上，用手托着脑袋，仔细观察这间屋子。看看屋中的摆设，看看孩子们，以及紧挨房门的一件敞开的屋子。这一切都显示出这个家庭的贫困，这让他的内心十分伤感。

他明白爱格勃勒夫妇搬离大城市有意选择了这样一个偏僻的住所，就是希望能将喧闹的、满是物质干扰的生活改变一下，转而开始安宁、快乐的新生活。身边人常常提到，当这对夫妻仍是青年的时候，他们的日子是十分的甜蜜美好，他们常常手牵着手，相互依偎，共同在月色中踏着月光散步到海边。

对生活心怀信心和勇气，心怀热诚和坚决，要构建一个美好未来。但是一年又一年，以前的壮志和梦想都被一点点磨灭。以前的美好憧憬也成了幻想，最后消散。以前居住的开心幸福的房子，现在只剩下一个空壳，如今居然连死亡，也要入侵这空荡荡的房屋和这个贫苦的家庭。

他忽然惊醒，不再沉思。只见爱格勃勒抬起头来，坐在他妻子的床边，将手放在膝盖上，这模样看上去很可怜。

他痛哭流涕，眼泪从他那有些浮肿的脸上流下："嗯，埃曼纽尔，这残忍的时刻最终还是降临了。"

"上帝夺走了我最爱的妻子。失去她，现在我只能孤孤单单地跟那些孩子们生活，慢慢等待死亡了。我亲爱的苏菲，希望在天堂里，你会幸福快乐！作为妻子，你是这样的忠贞和贤惠。当年我们一起度过了多少个幸福的日子！即使在我最困难的时刻，你也跟我相依为命，倾力帮我。感谢你这样对待我。"

他又哭得泪流满面，将脸放在手上。

埃曼纽尔说："伯尔尼赫德！"

不过爱格勃勒没有让他继续说话。

他一边用手捧着脸，一边赞美逝去的妻子，说她刚与自己结婚的时候是那样地美貌，他们婚后的生活是那样的幸福和快乐，她总是可以将生活安排得井井有条，她懂得享受生活，也知道自我牺牲，从不埋怨什么。

忽然他抬起头，说道："很久以前我就有这样的感受，埃曼纽尔，你不觉得这个地方很奇怪吗？就连空气都似乎被施了魔法一般，百姓们的精神被妖怪偷走了，那些出身贫困的群众的精神力量被偷走了，我可以感觉到，我亲爱的苏菲也是这样认为的……这些妖怪可怕至极，直到吸干人们的灵魂、精神和骨髓为止。我们没办法逃避，我们已经被诅咒了，直到死亡才会摆脱。"

埃曼纽尔脸色煞白，爱格勃勒那最后几句话几乎用尽了全身的力气，嘶吼了之后他又扑向了逝去的妻子，抱住了她那还戴着睡帽的头，他痴迷地吻着她的额头和眼睛。埃曼纽尔看他这样伤心，觉得再说下去也没什么意义了，于是准备离开这个伤心的地方。

他说道："伯尔尼赫德，再见了，我过段时间来看你。"

接着他跟孩子们握手，摸着他们柔软的头发，亲吻了最小的那个孩子，说道："天主会保佑你们！"说完他就轻轻走了出去。

走出去之后，在隔壁他又遇到了那个老太太，老太太一直向他描述爱格勃勒太太弥留时候痛苦的情形。

"此刻她的苦难煎熬终于结束了，倒不是坏事。记得她即将离去前那般的煎熬难耐，确实令人都为她心疼。埃曼纽尔，今天实在是累坏了。上帝将她带走、令她摆脱苦难时，我就在一旁。她身体僵硬在床上，似乎已离我们远去，岂料她竟然大声呼吸，直到刚才才真正地离开了人世。"

埃曼纽尔不愿意听她的啰唆，只期望能尽快远离此地，然而这人纠缠着不停地说话，丝毫没有想要放弃的意思，开始是同他一块行走在小路上，接着又追随到菜地中，嘴巴一直不停，喋喋不休。最后直到他走上了大道，她这才停了下来，没有继续跟在一旁了。

埃曼纽尔慢慢地踱步前往海滩，两只手放在背后，提拉着他的棉质大雨伞，双眼朝下注视着，眼中充满了真情的泪水。

上帝给了人两只眼睛去看世界，为什么世人的双眼总是被蒙蔽？看到也不知，看到也不管？他困惑了。反复的欺瞒都是为何呢？

欺骗了他人又可以怎样呢？一切都已过去，他都已经想通了，但他仍对最近听到的与看到的感到惊诧万分，不可思议！是的，伯尔尼赫德讲得有道理。此地的环境里肯定藏着鬼怪，并且连自己都受到了蛊惑。他逐渐明白了最近发生的这一切，就好像从一次昏沉漫长的梦里渐渐苏醒，就像被妖魔抓进山洞里的无辜百姓一样，糊里糊涂地生活了八年。由于故乡村里的钟声在耳旁响起，这才把他从这些幻觉中拉出来。

2

下午几个钟头里，他赶到山丁吉时，祭祀活动已经接近尾声。他们已将这山丁吉高中的年迈的学监安放在教堂墓园里了。有将近千人前来参加了这次葬礼，当中大概有五十名身穿圣袍的修道士。校园内的礼堂四周，挂满了桦树、柏树的枝条，逝者的躯体此前便安置在此，葬礼过后才转到教堂墓园里的。在礼堂、教堂墓园，这两地之间陆续有人在吟唱悼文，总共多达十一次。

此时大家都在吃放在篮中的自备餐饮。由于校舍并不宽敞，难以容下全部前来悼念的人，因此众多乡亲丝毫没担心这阴雨天气，分散在教堂的庄园内还有周边的田地中，有些藏身在树荫之中，有些则撑伞立于雨中。

大部分人在前往教堂墓园的途中，就早已淋湿了全身，行走在泥泞道路上的鞋子沾上了颇多泥水。女人们提起黑裙将其系在腰间，或直接拽到头上当雨伞。虽然雨势不减，虽然路面坎坷，但丝毫未能影响到哀悼会的庄严气氛，未能减弱前来告别的人们的悲伤。

吃完午饭后，四下里开始发出追悼的吟唱，一些年幼的少女们由于太过伤心而什么都吃不下，和人群会聚成几条长长的队伍在墓园中慢行巡游，同样小声地唱出伤感的颂词。

　　而某些人，权大势粗且格外没有准则的人民党的数名代表，同样在人群中。此地任何阶层的人都出现了，最远的有来自哥本哈根的三名自由派代表——其中一名是戴着金丝眼镜的律师，另一名是戴着夹鼻眼镜的糖果商，他们都带来了自己的太太以及年幼的儿女们，从火车上下来后就换上了一辆四轮的马车匆忙赶到。也有徒步好几里路，浑身已经没有一处干爽部分的劳工们，他们舍弃了帮人收获麦子的一天工钱，赶来为自己最友善的朋友送人生旅途的最后一程，要亲眼见到其获得安息为止。同样的还有诸多讲师、神学院的才俊、高等院校的学监，还有留着长长胡须、面露友好笑容的长辈，以及打扮时尚、行为前卫的年轻人。另外还能看见一名年纪不大的牧师同他的未婚妻在墓园里往来行走，两个人共用一把伞，互相挽着对方，跟随着身旁的人们低唱悼词，偶尔看看彼此。男方顶着由绒布制作的绵软宽边帽，裤腿卷着，女方穿着塑胶的套鞋，裙子已被提起别在腰间。还有几名农户代表赶到了现场，纵然是这样的场景，他们还是保留着开会的风格，一群群聚集在一块，互相私下交流着。另外有些从别的区域前来的代表，带来了花圈和遥远的朋友，以及追悼的信件。尤其令人感动的是，一位著名的挪威作家，也现身此处。他此刻本是在丹麦做巡回演讲的，他是位身材伟岸的人，脸上有浓密的毛发，长着一张鹰脸，戴着一副寻常眼镜，打了条白色领带。他的到访让人们格外振奋。因为他的容貌，以及他洪亮的声音，引来了众多人的关注。不管他走到任何地方，身旁都围绕着许多人，他们神情沉重，显得特别认真。特别是尼尔思和几名青年，更是紧紧地追随在他的身后，他们强行推开旁人硬要保持和作家的紧密距离。所有人都尽力展示着自己完美的一面，甚至希望作家在讲话的时候，会稍稍将手轻放在自己肩上。

"看呐，这绝对属于勇气之举！"大家听见他用自己高亢独特、讲话就像唱歌剧一样的语调讲道，"这地方水土如此之好，人才如此优秀，此刻我终于有所领教。你们站在北方文明发源的上古地盘中，这是十分令人惊喜的！反观我的故乡，全都是稚嫩的开拓民族。我们的地方四下都是沙石、贫瘠的土地，荒芜的地域里布满了冰冷的石头。"

此次追悼会聚集了不少人，身份显赫的人也颇多，这也很自然地导致了无人留心到埃曼纽尔的出现。至于葬礼过程中他未能到场，只有少之又少的人有所察觉。仅仅是他教区的个别信徒发现了他的缺席，并且为了这个事情展开了些许讨论，责怪他的不礼貌。

他站在拥挤的木质走廊，换句话说，他是在厢廊里伫立着，四下搜寻着汉姗。没过多久，忽然一位同时戴着夹鼻眼镜和正式眼镜的人，左顾右盼、慌慌张张地跑到他面前，将两只手都搭在了他的肩上。

"总算又见到你了，汉斯特！你一切都好吗？你没有忘记我吧，是不是？我们私下里一直在……你必须同我去瞧瞧李娜·吉儿龄，她反复念叨要看你，迫切想同你结交为友呢。"

埃曼纽尔尚无法辨别出眼前这位自己大学时期的老友，便已被他拽着双手，被拖着经过一串楼梯来到了一间嘈杂的演讲厅。厅内满是棕树的气息以及闹哄哄的交谈声。那位先生向他引荐了一名年纪稍大、气度不凡而且漂亮的女士。她头戴着一顶样式新颖、绣有花边的天鹅绒帽子，一个人选择了角落里坐着，身旁有一群人正谈笑风生。她就是颇有名气的吉儿龄太太，一位有钱的寡妇，在首都地区算得上是一位颇受人们喜爱和敬仰的女性，她住在民主党的房子里。她优雅礼貌地与埃曼纽尔打招呼，面容里显露出少女一般的娇羞以及少妇的知性。她亲切地握住他的手，讲道："可算与你见面了！你也许已能发现，我是十分期待与你相见的。你怎能一直将自己封闭在自己的世界里，不允许大家去瞻仰你的喜好呢？你应当多到城里来，与我们相见。我可以向你担保，我们那里同样渴求你这样的新思想。就在片刻前我同你的太太有幸交谈了，已获得了她的大致肯定，到时候推举你前往我们的地方，给我们的组织进行宣讲。我们盼望她能让你同意这个建议。希望你能替我转达，她是一位在容貌与言谈上都格外迷人的女士。"

埃曼纽尔起先并不想听她的说辞，满脑子都在想如何能尽快离开。可是她身旁的一群人，逐个地前来与他握手打招呼，还有轻拍他肩膀的人，颇为高兴地叫喊着。

"阁下便是埃曼纽尔·汉斯特吗？与您交谈实在是我的荣幸。您真人与我们想象中的一样，久仰！"

他无法找到回答的好办法，并因这群不熟悉的人的频繁接近而感到有些惊慌失措。好在是那位来自挪威的大作家，在花园里行走了一番后再次回到此处，便迅速把大家的注意力都吸引走了。

埃曼纽尔赶紧抓住这个机会去继续寻找汉姗。

3

埃曼纽尔终于在花园的一角见到了汉姗,他看到汉姗与一位农村妇女一同在石楠丛的阴影中休息。那位妇人身形粗壮,头上顶着一块样式奇特的头巾,与周围妇人选择的一种直立着呆板的头巾差异颇大。她头上的这种头巾在脑后盘了一个宽松硕大的结。

埃曼纽尔停在颇远的地方,瞧见这妇人紧握着汉姗的双手放在自己腿上,心里顿时觉得蹊跷,再靠近些,才看到两人的表情都十分地激动,特别是那妇人双眼泛红,似乎刚刚大哭了一场,这更令人奇怪了。

等他离得近些时,她站了起来,抬起手并高声喊道:"你好吗?"与此同时,她整张脸都透出红色,对比看来,她鼻梁上、失神的眸子下长着雀斑,反倒变得更加地白了。

此刻埃曼纽尔才辨认出此人是汉姗幼时的至交好友——红发安妮。她的人生十分传奇,同一名斯考林人结了婚,过上了大家不曾想过的日子。

他们居住于一片突兀在汉中的舌形岬地上。如同斯奇倍莱上古的土著一样,他们驾着小船,沿着海岸线的浅湾中捕鱼,并将这些海鲜作为商品售卖。他们完全没有被此刻在人们中激烈开展的新思潮运动所干扰。况且海边的居民大多对斯考林人敬畏三分,由于这些人彪悍骁勇,不守法纪,所以人们对他们十分畏惧。

早在七八年前,汉姗才完婚的时候,安妮在城中偶遇了一名有着漆黑发色、长相英俊的斯考林的青年。她自己都无法相信自己居然对他一见钟情并且无法自拔。对他,她爱得义无反顾,执着坚决,她没有勇气去分享这种事，哪怕自己最亲近的闺蜜汉姗也全然不知。她尝试令自己更加理性，以便能终止这段情。可惜最终安妮仍旧无法拒绝这位青年渔夫的疯狂示爱。在一个东风满溢的好日子里，他驾着一只舟来，也在那天夜里驾着这只舟返回家去，此刻舟上多了安妮，他们在用海草搭建的房子里开始了新生活。过不多时安妮的养父母也搬了过去。当初这样的情况对斯奇倍莱村以及未尔必村而言都是件令人侧目的事情，不论是谁也不相信安妮会突然被一名有着好看双眼的青年迷得神魂颠倒，甚至以身相许。并且，一想起安妮从此要跟蛮荒族人生活一辈子，所有人都为她感到难过，对她似乎产生了怜悯之心。出嫁后的安妮与汉姗开始通过书信来交流，但安妮的回信一天天在缩减内容，最终甚至干脆没了回信。汉姗对她变成这般十分清楚，她的家庭一定十分美满，以至于不好意思来说自己的幸福生活。一联想到自己的童年故友在海岸旁过着幸福自在的生活，而自己在未尔必教区的生活却是如此纷乱嘈杂，难免有些失落起来，并开始感慨自己的命运为何被不公对待。

埃曼纽尔看安妮与汉姗就像过去那样亲密相处，相谈甚欢，却感到有些难言和无奈。一直以来，汉姗一旦对除他之外的任何人表露出亲密的样子，埃曼纽尔就会觉得心中不快，甚至无法接受。现在他能明显地感觉到，眼前的两位女士已同当初互为闺中密友时一样亲昵了，她们对彼此一如既往地坦诚相待，畅谈甚欢。

他将大衣脱下，挑了处离她们较近的树桩上坐着。他试图用关切的语气询问安妮，她这么多年的异族生活究竟怎样。安妮回复道，一切都很好，如今她已是五个男孩的妈妈，孩子们也十分健康听话，另外家里还养了三头绵羊，并且就在年前的夏季，她与她的马地雅士一同建造了属于自己的新居所。至于今天她能赶赴高中老学监的葬礼，就是马地雅士的主张，因为他正好就在临近的海域捕鱼，于是她能够抽空来一同参加。

她在讲述这一切的时候稍显腼腆，但十分安定，尽管她从始至终都没与埃曼纽尔直接对视，但她一直紧紧将汉姗的手握在自己掌心。她已努力去试图掩饰，然而从她的声音中十分清楚地可以察觉到，她对此次同山丁吉高中的老同学碰面之后所流露出来的失落。她盼望着可以早点离开这里回到自己的海边生活，回到自己的绵羊、自己的孩子们，还有她亲爱的马地雅士的身旁。

埃曼纽尔听得并不投入，他早已陷入自己的沉思中。他用手拖住下巴，这是他最近才养成的习惯，出神地盯着地面。

"对了，"他似乎猛然间想起什么似的说，"来自哥本哈根的吉儿龄夫人曾同我说，你们两人之间曾有所交流，告诉我，你是怎么看待她的？"

"吉儿龄夫人啊，她是个很好的人啊！"

沉思了一会儿，他又再次问道：

"你们都讨论了什么内容？"

"这可不好用一句话概括。同我交流的人实在太多了，所以没准我和她什么都没聊呢。"

"毫无疑问，你能够十分自然地显示出自己的友好热情。"他努力在说的同时保持笑容。

"也许并不是你想的那样！我没有必要故意向任何人展现出热情啊！"

埃曼纽尔又一次沉浸在思虑中。

汉姗由始至终都在对待人民运动还有运动的领袖们的事情上表现冷淡，埃曼纽尔内心是十分明白的。可是，他却时常对这种情况感到十分的诧异，甚至遗憾。关键是他始终无法理解她为什么会变成现在这个样子。是什么事情导致她丧失了兴趣呢？他想不出答案。也就在这样的时候，他才深刻地意识到两人之间的隔阂是多么的深。老实讲，两人坦诚交心的时光已锁在了尘封的记忆匣子中了。

　　过去他曾制订好计划，对于把他们彼此的事情都讲明白一事，绝不拖延。可此刻一切的联系都不复存在，两人之间的距离正不断地渐行渐远。因而有必要使两个人做到百分百地相互体谅，重新开始婚姻生活，因为只有在他与她、与孩子们一起地生活的时候，他才能找到宁静的灵魂。

　　天空慢慢开始放晴，乌云也渐渐消散，抬头能够看见整片的蓝天。埃曼纽尔远远望见许多人从花园里出来并集体朝附近田地中的一处古冢走去。过去老学监还在的时候，一旦有大型的节日，他都会在那儿给大家来场演说的。

　　"大家应该都会到那里去看看热闹吧！"他提议。

　　"我觉得是快散会回家了。"汉姗推测。

　　"是啊！到这个点了，大家也该走了。"

　　正说着从他们身旁快速穿行过三名身材健硕的斯奇倍莱青年，手臂有力地前后挥舞，脚底板随着前行"啪啪"地击打着地面。

　　"莫非你们要坐在这儿化作磐石吗？"他们头也不回地高声问道，"你们一定是不愿意去的吧？"

　　他们立即站了起来，跟上了前行人的步伐。

4

聚集在墓地旁的人，多半来自未尔必与斯奇倍莱。此前提及的挪威作家已与哥本哈根来的几位贵客一起，在一个钟头前就赶往火车站去了。而一些路程稍远的人也正在陆续地离去。

人群里依旧保留几张生疏的面孔。当中有名青年，坚毅清秀，脸上流露着难以置信的表情，嘴唇很厚，给人的感觉是，他是个强硬的人，大家对他印象较深。

他便是奥尔·麦德森，是一名劳工的孩子，如今已在西诸特兰区从事辅助牧师的工作，也是最近被大家广为推举的人民运动领袖。他将双手背着，与织工韩森讨论着。他穿着黑色的风衣，头顶同色的扁平帽，使人们误以为他会是罗马主教的神者。

差不多全部聚集在此地的人都发现了埃曼纽尔正走来，理所当然地，他预感到大家都在等待自己讲话。而实际情况是，在他看见这密集的人群时，他了解到过半的人都是自己的教友，他觉得有必要与他们谈谈，把自己困惑的事情与大家开诚布公地谈一谈，并化解各位对自己的一切误会。他自责："莫非这是自己能逃脱掉的责任吗？在需要自己给人民运动还有今后的事态发展事宜发表意见的时候，自己决不可退缩，否则就是懦夫行为了。"

他穿过围观的人们，在大家安静的期待下走到了讲台上，开篇，他对今日被大家安葬的故友赞美了一番。他还倡导大家去真诚感谢包罗万象的上帝，为大家安排了一位如此睿智的信使，他是那么富有爱心，奉献了自己的全部。接下来他反问，莫非这名与世长辞的大师，就一直都不曾体验过失落，从来都积极乐观，信念坚定吗？他接着解释道，在他看来，已逝的老学监在人生的末期是失落、怅惘的，注定无法回到年轻时积极的状态。

以前他是一个乐观、坚韧刚强的人，他因而可以一路克服重重艰难险阻。大家无须回避这一点，人民参政运动此刻正在面临挑战。但凡投身这项事业的乡亲们一样在经历着巨大的考验，许多美好的愿望正逐一被击碎。并且同其余的打击一样，经历过落败的人们此刻都在经历着猜忌怀疑并且相互敌意的阶段。我希望各位无须继续掩饰这些弊端，也无须继续通过欺骗的方式来隐藏这事的严重性，更不必由于彼此正在经历的挫折而互相指责。相反，我建议大家多反省自己，想明白自己错在什么地方，寻找问题的根源，并想好今后应对的方案。

听众里开始传出相互交流的声响，人群开始躁动，突然有人高声抱怨，试图中断他的演讲。

然而他仍像没有受到任何干扰一般继续自己的演说。

"我无须继续多说我们在大方向上存在的差池，我们对敌人的实力没有准确地预估，我们也缺乏进取心，我们一直努力改变的是一种现象，他们的构建和势力早已根深蒂固，想击败他们绝不是件简单的事。我同样回避提及表现在我们身上的草率和鲁莽，一旦有反对声音出现，我们就立刻要打压、消灭它，并冠以它们最坏的名声。然而不可否认的是，在这些唱反调的观点中，的确存在一些来自美好心灵的、出于真心的好建议，大概我们需要把它们表现出来的隐忍作为自己的行为表率吧。"

"您可以直接点名哈辛医生！"人群中冒出这样的倡议。这种说法是这样的别有用意，明眼人一听就明白，于是立即引发骚动。

埃曼纽尔的脸色有点不好。他能分辨出这捣乱的声音是来自他曾经的员工尼尔思的，他只好控制自己稍等会儿，好让自己依旧保持清醒的意识。

接着他再度开始：

"不过我希望介绍的其实是人民政党，特别是农民阶层，依我看来，这些人此刻仍在经历因自己与他人之间的分崩离析而带来的苦难，并已受到了严重的伤害。大家都太容易满足，对自己也过分地自信，这才导致了当我们期盼能立刻得到真主启示的时候，我们便会对他的指示感到迷茫。事实绝非如此，请允许我用合适的方式再讲一遍。我们都太自私，并且已经目无法纪了，最近大家都将精力放在关心他人的事物上。我们在审视他人的品质时，竟然从未想起关注自己的精神。"

他并没有立即结束，一直保持着冷静且有控制力。虽然听众里面的反对声音正不断地加重，不和谐的声音多次已干扰到他的演说，逐渐反对的声音似乎打算将他轰下台去，他只好尽快地将重点简明扼要地介绍出来，希望遭受了失败的乡亲们中，部分善良正义的朋友可以明白，只有对自己尊重才可以获取动力，最终将会收获成功，绝不可盲目无知。

他讲完后离开舞台，在那些人们的眼神中，在他身旁近在咫尺的面色中，他早已知晓，他刚刚的演讲注定将他和教会教友之间的一切关系都斩断。

忽然间人群中发出激昂的欢庆声。一看才知是职工韩森正西装笔挺、步履稳健地登上演讲台，大家颇为好奇地聚拢起来，迫不及待地等候这名人民运动中的老臣，只盼能抓住他每一句话，哪怕是他一丝丝的神情也不愿意放过。由于他在公共场合演说已是很久以前的事情了，因此现在他的出现，令所有人都感觉到触电似的，激动万分。

他仍旧保留着过去的习惯，默默地审视一圈民众，然后将一只手放于身后，另外一只则搁置在下巴上，他泰然自若地看了看与会的人们，嘴上流露出些许笑意。终于他用最纯正、最真诚的话语讲道：

"要我说，大家刚刚被埃曼纽尔灌输的，绝对算得上一次糟糕的思想。我十二分专注地听他的每字每句，暗自担忧是自己已耳背。结果我只有安慰自己：老韩森啊！你糊涂了！你在经历一场梦，梦见自己在收听老友阿奇迪康·田内绅的演讲啊。"

"没错！就是这样！我们要接着听您讲！"来自斯奇倍莱的人们发出了最响亮的支持声。

"大家一定都知道，事实便是如此，这让我无法不回想起多年前埃曼纽尔曾给大家做的另一场演讲……

"这还得追溯到他第一次在老会堂中给大家演讲的时候。彼时他讲的和今天他的所言全然不是同一个思想。那个时候的埃曼纽尔，觉得农民是最好的一类人，是啊！当初的我们是如此优秀，如此地纯洁善良，接近完美。想想吧，我知道在座的诸位一定仍有许多人记得那次演说，那时候大伙可都不断地品味着这样的一番话。我自己其实已经无所谓了，因为我丝毫没有被他的言语打动，所以今天埃曼纽尔所讲的一切对我来说更加地平淡无奇了。生活常常便是这般模样，有些事憋在心中久了，就没办法再忍气吞声。没错，刚才埃曼纽尔说大家都过于在意自己，过于自信，而眼下情况却急转直下，等等。他还提到，我们要多向都市里的本分人好好学习，唯有如此，上帝方可满足大家的要求，等等。然而，多么地遗憾，我对这样的观点丝毫信心都没有，并且是与之对立的，我认为大家的意志还不够坚定，容易受到这些人的干扰，尤其是来自哥本哈根的人。早从几年前开始，他们便时常来到我们的地方，打着人民参政运动同人的旗号，他们可以说是没有丝毫的付出便盗走了人民运动领袖的最高成果。依在下拙见，其实一切困难的根源，一切错误的开端就是因为这些人。

　　"都市中的老爷们和村镇上的穷人们打交道，在这几年渐渐演变成为一种潮流。我可以直言，大家是一群没见过世面的人，因为他们这些上流社会的老爷们替我们的事情费力操心，难免会有点'一人得道，鸡犬升天'的错觉。当我们希望能够获得老爷们的照顾时，大伙儿是非常难以把控自己而表现得越发愚昧和混沌。好比说一位眼镜镶上金边的绅士，当然也可能是他们时髦的太太，出现在我们身边，他们友好地拍我们的肩，和蔼地与我们搭讪，装作关系亲近地喊我们'小孩儿'，大伙儿立刻觉得欣喜异常，将这当作最高的荣耀。可是这些贵人们只不过是到我们这里游玩罢了。另外到这里常住，并且和这块土地上成长起来的姑娘们结婚，上帝啊！大伙儿一定都认为这是祖上积德、保佑自己行大运了，一个个都乐得手舞足蹈、受宠若惊。然而这种情况实在不正常，我认为经过一段时间的调整，这种情况就能得到缓解，并且很快就能恢复正常。大伙儿过去表现得如此地没有教养和缺乏主见。我认为过去肤浅的举动很快就要成为历史了，我清楚地看到种种细节预示着这些终将被改变。我建议大家都能通过循序渐进的方式，将自己勤恳踏实的生活作风真真切切地融入自己的思想，抵制这些自以为高人一等的家伙的残忍精神压迫，同他们自以为是的高贵抗衡到底，乡亲们，大家都赞成我的说法吗？"

"没错！就是这样！讲得太棒了！"安静思索的氛围中，很快便发出一片赞同声。

埃曼纽尔的面上无光，刚才讲话的人别有用心地挖苦与讽刺。而人群里，他过去的好多朋友们的赞同声，这一切都像皮鞭一样朝他鞭笞而来，他几乎是隐忍到了极点，方能控制住内心的激动，确保自己没有表露出暴怒的情绪。

而此刻在他心底传出了另一种声音，为什么要暴怒沮丧呢？难道此刻尴尬的境况，不是自己导致的吗？这一切仅仅是因果报应而已。不必反对抗拒了，还是悄悄地逃跑吧！离开这里，替自己过去的行迹暗自蒙羞吧！

"咱俩还是别继续待在这里了！"汉姗的提醒从他耳旁传来。

接着韩森提及了克制的事情，埃曼纽尔曾反复提到的克制、克制。纺织工人又以总结般的口吻讲道："毫无疑问！克制是合理的。但是大家都听过一句老话：'千万不要准许任何人紧紧地坐在你的身侧，否则他们下一步就会坐到你的大腿上的。'没几天之前，务农的乡亲们曾聚集在一起，将自己过去的价值观完全摒弃，并因此选举出了一名自由派的哲人，极其平常的一位水平不济的无神论者。接着部分人觉得事态朝着错误的轨道偏离了，然后发生什么大家能想象得到吗？

"大伙敬重的修道士们，还有读过学院的大知识分子，莫非没有为他们大声疾呼过吗？'将这些统统剔除干净，没有考虑大家的价值观是什么，如此的做法必定是毫无法理且行之无效的。如果这样，大伙儿的对手会如何看待我们呢？'这就是大伙儿从哥本哈根见识到的崭新理论，完全的唯物学说，大家是可以讲的，然而这些人竟然无法接受我对教派的怀疑，禁止我的宣讲。如今我仅需复述一下大伙儿的贵客奥尔·麦德森牧师，此前当埃曼纽尔演说的空隙，同我悄悄交流的观点。'提防伪善的哲人啊'，他讲道。而就我自己而言，越发需要呐喊，提防一切为隐忍、克制唱赞歌的声音。事实上通常情况是，这些人全都在一定程度上对自己的心灵无法坦诚，怀有恐惧。大家对这样的特征要更加警惕啊！"

尽管他嘴角一直都带着笑意，然而大家都可以通过他的语调和声音中的情绪，通过他一次又一次地扬起手臂挥舞着直指天空的动作就可以知道，讲这些话的人把那些深埋在内心的、一直难以排遣的话语说出来究竟会是怎样的心情。周围的听众听得入了神，似乎都扎根在地上了。

埃曼纽尔与汉姗离开了，并朝学校走去。归途中他们见到了安妮，此前她比他们更早一些离开的，她赶回学校是为了取自己的东西，如今是返程过来同他们说声再见的。埃曼纽尔无法真诚地与她道别，转身便接着赶路了。他赶着回去，然而看到汉姗亲昵地牵着安妮的手迟迟未有松开之意。汉姗平复心绪说道："如此大家便先讲好吧，在你接到我的回信的那天？""不过你真的打算如此吗？"安妮既惊又喜地高声确认道："如果是在过去，我还真的不敢相信啊。""没错，一言为定，假使你同意收留我的话。"

"我怎能不同意，你这小姑娘？你就吃了定心丸吧，不过埃曼纽尔是什么意思呢？"

"我还不了解，总之我会给你写信的，再会，好好照顾好自己！"

此刻埃曼纽尔停在前方数米之外，回身等候汉姗。他眺望着密密麻麻聚集在那原野墓园的人们，刚刚织工手舞足蹈、踱来踱去的模样，清晰而深刻地印刻在他脑海里。想到这样的情景，他便会觉得心中满是失落怅惘。他还能清晰回忆起曾经自己刚到这里时，他坚信能在此地寻得源自人类最初始、最本能、最不加矫饰的特征。然而时至今日，出现在人群中闪耀着的却是一名只会胡言乱语、混淆视听的专家，他不断地攻击、羞辱自己，并自认为处处比自己更优越！他回想起过去曾怎样将爱的教义传播给所有的乡亲。可现在占据着信使职位的竟然是一名宣讲恶的人，他朝上苍伸出污浊的双臂，毫无敬意，满是咒怨，并鼓动人民相互争斗、相互抵制。

在学校到海边这条不短的归途中，埃曼纽尔同汉姗之间再没任何交流。直至两人到了船上后，埃曼纽尔在静谧的月夜星空下驾驶着小船离开河岸朝河对岸划去，汉姗待在后面，轻轻玩弄着丝绸布的边沿，待小舟划出片刻，终于开口了：

"埃曼纽尔，你没有任何话要对我说，是吗？"

他暂缓手头的动作，将胳膊依靠在船桨上，眼神投向了远方。

"没错，现在已没了别的选择，我们只能远走。"他继续沉浸在沉思中，简单地应和着。

"那你计划去干什么工作呢？"过了片刻，她继续询问道。

"老实说，我也没了主意。我想我更愿意换个地方去发展，去个小乡镇，或者去竹德林的小镇上，在某处杂草泛滥的不毛之地，兴许到沙漠中求生存，料想当地的人民总不至于再将我排斥吧？"

"埃曼纽尔，你无须如此。"

"你想说什么，为什么说我无须如此？"

"你真的没必要，毕竟情况过不多时便将和这里发生的相似。换了一个环境后你仍旧会在短时间里便觉得生活不及自己的预想，于是满怀心思地又要换新的居所了。"

他盯着她看了一阵，脸上带着质疑、求解的模样。她此刻直言不讳地道出他深埋心中的思绪。这便是一直令自己煎熬的想法，同时也是自己一直不敢去提的。选择一处陌生落后的乡镇，一个自己不熟悉的、不见终点的、孤寂清苦的地方。一切的过去都将被推翻重来，从而会开启生活的新篇章，想到这里他就心生恐惧了。

"不然你打算干什么？"

"埃曼纽尔，我认为你应当去你内心追寻的、你实实在在期望前往的地方，如今期望继续相互欺骗，避讳内心的交流，终究是没有任何结果的。你与我完全能坦诚交流彼此心中的想法。你十分期待回到自己过去的家中以及任何能令你感到轻松自如的生存环境中，我都了解。因为这是人的本性。因此，埃曼纽尔，我认为你不需要通过继续磨砺自己来给自己制造麻烦，这会令彼此间变得更加糟糕。我觉得你能够在哥本哈根以及别的大都会中寻得好差事，从此以后，你就能够同昔日里的故友们再度团聚。我十分清楚你想过这般的生活。"

埃曼纽尔扬着面庞，诧异地盯着她。

"我？"她继续说着，她的指头仍旧反复玩弄着披肩上的边沿，与此同时她正躺在披肩中。

"一旦知道是能够令我们获得最佳结果的，不论什么事我一定尽力去做。"

5

翌日，埃曼纽尔驾车前往主教负责的区域去拜谒主教，希望他能赞成自己的离去。

差不多整个午后的时间汉姗全在这蜿蜒的花园小路上反复走动着，肩头盖着一条羊毛制作的围巾，似乎她十分冷，等着埃曼纽尔回家。并偶尔站在那个小土包上，站在这个地方能够看到大道，她屹立在那儿盯着他的马车何时归来。

傍晚时分，他总算回来了，接下来的半小时过去了，他们一起走在花园末端的栗树路里，他们前往一个不起眼的地方，因此可以不会受到太多的干扰。

这里有一张使用了很长时间的乡下的粗糙座位，汉姗就在那位置上停住了。而埃曼纽尔由于之前获准可以探访主教而显得激动不已，大脑中全是一路上留意到的事物，在她身旁反复游走着，将所有过程中的状况都分享给她。

刚开始年迈的主教非常地气恼，对他也十分冷淡，责备他无情无义，更加严重的是，他甚至评价他是叛徒，武断地讲他的辞呈绝对不会被认同。然而他慢慢地变得柔和，并在最后失落地认可了所有。

"汉姗，如今我俩再也不受禁锢了！"他严肃地站在汉姗身前，总结似的讲道，"只要获得许可，我们就再也不用待在这个地方了。"

她身子朝前微微靠去，双手支撑在膝头，盯着已被泥水弄脏了的鞋头。她用鞋头在湿漉漉的泥土上画着。

"这个……埃曼纽尔，我同样有些事情希望你能知道，"她开口了，然而她明显说得十分吃力，"我无法同你一起前往哥本哈根。"

“你在讲什么？我完全无法理解你的意思！你想表达什么意思？”

“我想要说的是，现在我不能马上随你一起过去，”心中所想的到了出口时还是被她做了改动，由于她已察觉埃曼纽尔完全无法明白自己的心思。

“那里的所有在我看来都是那么的陌生，在你还没有将一切都安排妥帖的时候，我可能会拖累到你，等你找好了工作，安顿好了住所，我就去找你。不然，我对你丝毫的用处也没有。另外，最近所有事情都太喧闹了，我希望能够独自清静地过一阵子。”

“你所讲的可能也是对的。”埃曼纽尔回应道。两臂放在背后，反复踱起步子来。

“但我必须提前告诉你，这个地方也许不会让你再有满意舒适的生活环境。只要驱车穿过斯奇倍莱村你就能够理解我说的意思了，如今与我们为邻的都不会继续是我们的朋友，相反却站到了和我们完全对立的那面去了。”

“嗯，的确，这些我都有心理准备。我猜我能够去安妮的家里暂住一阵子，早些时候我们交流过多时，她介绍她的新居所中有两间屋子暂时闲置着无人使用，她邀请我前去那里。”

“同安妮一起生活？那是斯考林区！身边都是一些恐怖的人围绕着你！汉姗，你的内心究竟在想些什么？”

“我其实并未觉得他们像人们所说得那么糟糕……他们并非如此，安妮同我讲过，并且她好像从来也未遭遇到任何不测。”

“可是，汉姗，无论如何，这都是不可行的，请替孩子们想一想，这是不可行的。孩子绝对无法在此久留，我们要保护她们不被坏事情干扰，避免她们养成坏习惯，这个想法难道没在你我之间获得共识吗？时至今日，她们仍然在遭受着身边恶习的侵蚀、围困，特别是希果丽，已经有负面的影响了。她是个乖巧而招人喜欢的孩子，然而我觉得她极有可能被坏的行为所蛊惑。"

"埃曼纽尔，一直以来我都希望能同你商量这个事情的。"

"没问题，可是，我仍然没办法理解，你为什么会变成现在这样。"

"嗯，我其实是想，也许你和她们一起去哥本哈根会更好。你在那里需要有家的感觉。我觉得若是我从孩子们的生活中消失一阵子，这也会给她们带去好处的。原因是，你一定要想清楚，从任何角度而言，我都无法给她们提供合适的教育，相反我会给她们的成长带去干扰与阻碍。她们需要和新的伙伴交往，去融入良好的学习环境与成长氛围，可惜所有与这相关的我全帮不上忙。因为我觉得你的妹妹，在教育孩子这个问题上她可以给你提供帮助。此前，她刚刚告别了自己心爱的孩子，我相信她能够成为我们孩子的优秀照看者。"

她说话的方式尽量表现得镇定且自然，然而面庞上已没有了色泽，并且双眼就没离开过地上。

埃曼纽尔并没有开口回应。她确实说出他曾思索过的问题，这种观念已经在他心中产生了很长时间，然而他总是缺乏勇气开口与她探讨，那是为了避免让她伤心与难过。他十分了解，在一处如此不熟悉的新地方，要汉姗整理好新家，一定会有很大的难度。特别是适应阶段，肯定没有办法帮孩子们去适应新的城市，但是这个阶段的孩子全都是最急需指导的。他同样清楚，她那些特别的、让人无法理解的、对不熟识的人总是冷漠拒绝的交流方式，永远会给自身带来无尽的烦扰。并且他一直都在担忧的是，无法找到合适的办法让自己的朋友去接近她，与她为友。另外，总的来说，对他这次毫无预感地回到哥本哈根又将做何感想呢？

他看了看她，琢磨她心中究竟是怎样的想法，因此他向她走去，温柔地抚摸了她的长发。

"亲爱的，不要再为这样的事苦恼了。我们没有必要一直伤心，为这或那操碎了心。这时我们应该更加团结，相濡以沫，不是吗？当我们共同为建设新的家庭并追寻幸福付出努力时，我们肯定要共同进退的。也许这个过程并不是那么顺利，不过只要我们始终相伴相依在一块，我们就一定能度过这一困难的时期，你一定要相信！"

她没有力气再反驳他，甚至也无力阻止他弯下腰来吻自己。

此后的数日，他们全都对此缄口不言，然而却一直都在为远行做着准备。汉姗已经发现，那样的考虑在他心中从未就未曾散去。想到他的那些说法应该是没问题的，然而他显得比过去更加地不安与烦躁了，与此同时她的内心也越发倔强了。

没过多久，他又开始了对之前话题的讨论。他说，由于以后的日子是那么不稳定，一切都似乎没有准备妥帖，而考虑到以后可能的艰辛日子，以及没有了经济来源，那么他应当别忙着安顿新居才对。他的观点是，在哥本哈根找到一份牧师的工作之前，他与孩子暂且能够居住在自己父亲的家中。他老人家独自一人居住在一套大房子里，父亲应该会十分开心地与家人一起住吧。他宽慰她，两人的分离不会很长。当他在哥本哈根安排好了一切，便即刻想办法让这个家稳定下来，如此整个家庭才能够温馨惬意地团聚在一起来享受生活。

经过汉姗反复地督促建议，埃曼纽尔立即写了一封家书给父亲。里面提及他因为什么原因要带家人回到哥本哈根，然而自己的妻子无法随行，他事无巨细地认真介绍了一遍。写得十分仔细，令他自己多少都觉得有些许的不自然。他所做的一切都是希望能尽可能地排除掉家人的疑虑与担忧。在信的结尾处他试探地问道，当他在不断努力去重新准备一处属于自己的居所的时候，他与孩子们是否能够先暂住在父亲的家里，得到一次热情的接待。

6

汉姗与埃曼纽尔都急切地等待回信的到来。此刻这个家庭在未尔必教区生活得格外艰难。他们没过多久就发现，那些寻常百姓，特别是来自斯奇倍莱的，将他在墓园里做的宣讲看成了是一次对真理的宣战。

不断推迟的教区大会总算是开幕了，但是没有人给埃曼纽尔送去丝毫关于会议的消息。他完全觉察出，村民们都希望把他排挤在外。他们似乎连打算再找一名专职的教徒去承担起牧师的思想都准备好了，而至于在新的牧师尚未到岗的时候，则有奥尔·麦德森姑且顶替一下，对此大伙儿都十分有信心，他也表示愿意服从这样的规划。

周日的尼斯教堂显得颇为冷清，并没有太多人过来做礼拜，境况就如同田内绅牧师在这里时一样。织工韩森早已发布了规定，不允许任何人前来做由埃曼纽尔主持的礼拜。韩森此刻再次得到了信任，他手中握有极高的指挥权，任何人都没勇气对他说不。

然而，偶然也会有人向他表露心中的感激，而且还有人为他遭遇到的不公正待遇感到不满。待到村民获知他将辞职信提交后，有数名未尔必村的乡亲竟然黜出去了，在乡邻间展开了捐款活动，计划着如同上一位牧师田内绅离开时一样，在埃曼纽尔离去时赠予他一只银制的咖啡壶当作纪念。

　　斯奇倍莱村与未尔必村的世代仇怨又一次发作了，形势比以前更加严峻。此前温馨、和睦的教会，如今毫无悬念地出现了拆解的现象。教区首领无奈离任，教区重新出现了过去醉酒、赌博等恶习，并且不少人四处招摇，胡作非为、摒弃礼法。

　　尼尔思，从来都在乡亲们心目中扮演着理想化、崇高完美地为了信仰不惜牺牲自己的战士，竟然真遵循自己渴望的梦想迈出了第一段征程。

　　马仁·史麦德那里的祷告会变得更加有人气了，但尼尔思在会里不断锻炼自身，成长为一位四卜奔走传播福音的教士。在尽力模仿好这样身份的人物时，他还给自己准备了一顶宽檐帽和一副深蓝色的镜框。

　　牧师公馆中此刻都在忙碌着即将离任的事情。埃曼纽尔忽然感到对自己的事业再无兴趣可言，唯有盼望能够早一些逃离诸如田地、马厩等各项琐事。他把粮食全都卖给了一位邻居，而且谈好了以原价的一半成交，希望邻人可以暂且替自己保管那块田地，好在接即将到任的牧师到来的时候再交付给他。埃曼纽尔将牲畜以及工具等都折现了，把换来的现金用来偿还过去诸多的细小债务。这么多年来他没头没脑不顾形象，十分失误地在过往的朋友们中拖欠了太多的借款，也正是这批借款和其他的问题，导致了自己在教会里的形象受到极大的丑化。

希果丽知道即将要去哥本哈根了，激动得满屋飞奔，身后飘散着她的满头金发，接着她将这快乐分享给了妹妹。小戴格妮在过去的酷暑中又长高了，此刻她也能在房子里跑动起来，激动万分。每次一见到埃曼纽尔，希果丽便会立即黏在他身旁，缠着他介绍马上就要开始的新生活。每当傍晚时分，在晚餐结束后，埃曼纽尔总会将她抱到腿上，为她介绍与哥本哈根相关的事情，包括街道有怎样的规模，人们都是怎样的性格，还有好多敞亮好看的店铺、在道路中缓缓行驶的电车、沿街售卖小物件的女人、帽檐沾上灰尘的男子、总是满载的海港、来来去去身着红色正装的马夫以及帝和里的夜晚繁光……他越说越是迷恋憧憬起来，忍不住唤醒了埋藏在自己心灵深处的记忆，因此当他每每说完这些时，已经到了夜晚，家家户户已点亮灯。

此刻汉姗正安静地坐在摇椅上，为孩子们缝制将来要穿的衣服和新袜子。"这样那些住在城中的有钱的亲戚朋友，就不会因为她们服饰的寒酸而觉得颜面扫地。"过去她这样说过。埃曼纽尔不清楚究竟是什么原因让她显得十分憔悴，两个人的将来本应该变得越发光明、前程似锦的，她怎么没表现得开心呢？偶尔他似乎还偷瞧见汉姗在偷偷流泪、哭泣不止，他与她聊天，她却绝口不提。好几次他试图走进她的内心，她便立刻显得拘谨冷漠起来，有时还流露出拒绝反感的神色，这多少让他感到莫名其妙。当他一次次试图在她身侧坐着期望与她牵手，同她好好聊聊时，她却立即寻找理由，比如去厨房有事要做等，借口脱身，避而不谈。

他只好擅自揣测，这一切都是因为焦虑的情绪导致的，至于她为什么焦虑，想必是由于两人即将分隔两地，他们携手营造的家庭到时就会破碎。分离的时刻马上就到了，她尽量避免流露出伤感的情绪，而他则努力尽一切可能宽慰她，逗她高兴。可惜他的安抚鼓励，好像令她的心更加破碎，最后他认为唯一可行的方案就是随着她的性子，一切随她。

他们分外看重的回信差不多是用最短的时间从哥本哈根送过来了。

他父亲的回信与过去依旧是那么相似，一张巨大的方正的信件，父亲的回信中还夹带着妹妹贝娣涂鸦般的、带着芬芳的一页信件。埃曼纽尔刚刚展开信，就马上端坐起来用洪亮的声音念给汉姗听，他着实因父亲和妹妹对自己真诚的关心还有相思期盼而感到激动不已、泪流满面。

父亲的回信保留着过去那种十分严谨的语气，并未改变。他提到自己早已年华老去，离上主召唤自己的时间也相隔不远，恰逢可以再次与自己的大儿子会面，这在他看来已属最为幸福开心的事情了。很早以前他便在日思夜想自己的这位大儿子。对于他的自大，父亲却完全没有责怪之意，仅仅发自内心地期待他能回到自己的家中。

"过去你曾用过的那两个屋子，这些日子便替你打扫干净。"他字里行间提道，"我想无须额外强调，孩子可是人见人爱的贵宾。她们的屋子已安排在你的旁边，我们保证会不遗余力地让她们在这里好好过日子。你可能已听说，早些年我盘下了一片小有规模的花园，因此这里会有相当开阔的乐园让你的孩子戏耍。那个花园过去曾一度属于已经逝世的康法仁斯瑞·塔其曼，你多半还能想起他来。

我要找人去请一位木匠，让他制作秋千等玩具，能给孩子们提供不少娱乐。她们同样不必担心没有小伙伴，附近三楼的雷伯纳家，底层的温特斯家，均有十分乖巧的孩子，希望小家伙们并非过于想念自由自在的乡村时光。我非常清楚你的太太此时得短期留守在乡镇的原因，也十分支持这个选择，她无法突然间接受在都市中的新鲜日子。

"暂且就写到这儿吧，剩下的他日详叙。你弟弟卡尔托要我向你问好。他特别强调让我写信对你说，不是所有的'卡马·赢客'都属于'十分罪恶的'，他尤其要求我采用这样的表述方式，就像你可以考虑到的。他盼望着某日可以带着你到艾玛连堡宫的衙兵室看看，这样才能让你的观念有所转变。他十分期待这个场景的出现。

"我爱你们，希望你们全家都安好，最爱你们的爸爸书。"

"你说怎么着？"埃曼纽尔才念完信便立刻脱口而出，双目格外有神地看向在摇椅中、弓着身子专心致志在缝补的汉姗。

"我又可以住在过去的房屋内了，在这样的屋子里放眼便能看到运河、信号塔，还有基坚堡宫殿！这是多么美丽的场景啊。还有一座花园，不就更精彩了吗？试想一下，孩子们在花园中尽情欢乐的样子实在是太让人憧憬了。你没发现这是十分令人欢呼雀跃的事吗？"

汉姗同意般地动了下下巴。她感到胸腔快喘不过气来，她合上了眼睛，就像一位内心遭受痛苦折磨的病人。贝娣的信似乎字里行间都流露出因为失去孩子而导致的愁情。

她回复道："你无法了解，早在上帝将我的小凯带去天国的时候，家中就成了如今忧愁、颓靡的状态。我期盼你的小公主们能快快降生，这样我才能重新感知宝贝们热闹欢快的稚语。请转告你的太太，不要为孩子忧愁，我十分清楚为人母的忧虑、操劳。她无法陪伴在孩子们身旁的时候，我们都能认真负责地照顾好她们的。现在归根结底，我最想念的仍旧是你，我敬爱的兄长啊，我已经与你分别了太久，听田内绅小姐介绍，你如今已是一副黝黑模样，还留着杂乱的胡须。田内绅小姐在近期是否会与你联络？她会常常来陪我讲话的。我可以再次看到你了，这是多么令人愉悦的消息啊！你绝对会善待我的，是吗，埃曼纽尔？我十分想要得到你的安慰，希望将脑袋沉沉睡在你的肩头，同你讲述我心中的所有想法。埃曼纽尔，万能的主对我们是慈爱的。希望我们都可以完成赋予我们心中的神之使谕！

"我认为你无须替你的未来抱有任何的顾虑、担忧。父亲与我的先生都是这样认为的。日前，父亲看过了你的家书后，让人将信转交给我，当时我们正巧出门与贾斯提·慕克先生一块进餐，就是那名兄长，他早已成为我们的至交，当时就在我的身边。看过你的来信后我十分高兴，于是情不自禁地告诉他，你很快就会迁回城中来住。令人诧异的是，他好像在此之前就对你的事情知道得一清二楚，当然他为这件事情也特别地开心。于是我干脆毫不避讳地向他请教，能否替你在城中寻得一件不太烦琐的工作来度日，好在他回复说这应该不会有多大的问题。'你兄长是受过良好教育的。'他说道，'我们正好期待充满活力与责任心、能够经受困难而不退缩的青年才俊的加盟。'他特别突出了'能够经受困难而不退缩'这个要求。总体而言，他对你抱有极高的评价，他清晰地回忆起当时你在家中的样子。我觉得过去的事情都不能带来任何干扰，更别说此刻你心中的观念已有所转变。"

7

这是九月刚来临的时候，也是分别终究要到的时候。

这一天十分繁忙，所有人都依依不舍。清晨时分，埃曼纽尔先前往斯奇倍莱教堂墓园，同雷蒂的墓碑道别，接着就去了汉姗父母的家中，探望她的父母还有汉姗的兄长奥尔，现在奥尔已经接手了父母的事业。他们对埃曼纽尔并不是十分热情。爱尔丝特别遭到了斯奇倍莱村的邻居同样感触的干扰。尽管听从了汉姗的嘱托，埃曼纽尔只需提及她在斯考林区安妮家不过是一次短途的逗留，是与故知联络感情罢了。然而当他刚说到会与安妮相处时，爱尔丝专注的双眸中立即表现出了难以置信与不屑一顾的表情。

此前讲到的临时牧师，清晨时分赶到了牧师公馆，他此行还携带着一只银白色的咖啡壶以及一张长椅。中午时分，马车总算赶到了，这辆马车是埃曼纽尔为避免麻烦自己的邻居们专程从城中的租借马车店里租借来的，可以看出马车上的车夫们穿着格外讲究工整。

埃曼纽尔如同即将外出环游世界一般激动，在一堆各式各样的行李箱中来回奔波，十分享受的样子。他身上是一件刚完工的深色外套，发型与胡须也均被仔细打理过，神采奕奕。希果丽紧追在他的身后，在他出现的地方总能看到这个小姑娘，埃曼纽尔似乎视野里总也无法避开她似的。她十分担心父亲会将她遗弃在家中独自外出。她好像整晚都没有好好休息，过不了多久，她便会询问一下时间，并且从天亮时候开始就认认真真地守着她专属的珍藏宝物：一只小小的铁桶，一个显得破旧的洋娃娃，两个里面充满缤纷石粒的火柴盒。无论别人如何劝诱，她都不愿意让这些宝贝离开自己的视线。

汉姗试图游说阿比侬，希望她可以陪同孩子一起前往，而且在那儿待一阵子，以便照顾孩子们。这使阿比侬也开始感受到了分别的愁情，在一旁呼天抢地地号啕大哭。此刻空荡的马厩中，只有赛仁孤独地待在马槽旁，思索着这难以琢磨的命运。

汉姗由始至终都显得格外地镇定，只是有条不紊地将各类事情安排好。任何人都无法从她的表情中看出她内心的想法，发现她已认定今日的分离，将是自己与丈夫、孩子永远的告别的想法。她清楚在纷繁的新朋友和新环境下，孩子们一定能找到属于自己的新生活以及改变巨大的生活态度，没多久便会将自己遗忘。待到孩子们年纪再长一些，接触了世事，过惯了今后的好日子，就一定把母亲住在村庄上，把她讲话的口音当作是一种缺陷，认为她是在干扰自己的生活。然而她相信孩子是没有错的，不能因为成人的过失去承担责罚。她责令自己兑现这个观点：孩子们应当全身心地投入到追寻人生的美妙、精彩之中，去追逐所有她期盼获得的所有。埃曼纽尔呢？从他的角度来看，过不多时自己同样将转换成他不得已背负的负担，他肯定考虑着如何将自己抛弃。前些日子她已在诸多生活细节中，早早地感觉得到，他的想法与自己已经相隔了一个世纪那么遥远，这是一段她此生再也无法与他拉近的距离。因此收到书信的时候，他才流露出一切困难都已过去、生活重见光明的模样。将来的某一日，汉姗一定将给他寄去一封信，信中写着自己决意再也不能陪伴在他的身旁，他从此又拥有了自由，无论他如何劝服自己放弃这样的想法，她一定绝不听从、妥协了。

她完全不对埃曼纽尔抱有任何怪罪之意。唯有后悔自己眼高手低，不切实际，期盼自己能够晋升名流，可以成为名门贵族。她几乎对现在面对的境况，没有了质疑和去改变的动力。这一切都属于咎由自取。唯独仍被疑虑的，是这一切何苦出现得如此迟。过去七年的记忆，在她看来，就像一场戏剧，是那么遥不可及。偶尔她还幻想自己仍是那位与父亲一起生活的天真烂漫的少女，至于她自己的家庭，在未尔必牧师公馆里经历的数年时光，只是一次跌宕起伏、奇遇重生的幻梦而已，待到公鸡在黎明破晓时的啼声传来，自己就会从幻梦中走出来。

分离的时候来临，她与孩子吻别，同埃曼纽尔告别。她安静祥和，泰然镇定，差一点就令人错觉这次分离仅仅是短期分离而已。她随着他们来到马车旁边，帮孩子整理衣衫，嘱咐阿比侬在赶往哥本哈根之前，切莫忘记给孩子们穿好围兜。

道别的那一瞬间，埃曼纽尔再也按捺不住自己，他用力地抱紧汉姗，双唇紧贴在她的眉头上。为了让他放心快乐，她承诺他不必替她忧虑，她一定生活得称心如意。

"埃曼纽尔，把两个孩子照料好！"她忍耐到最后终于喊道，这最后的嘱咐好像已耗费了她全身所有的精力。马车尚未出发时，她已经背身站在楼梯上。

"你去后院的小土丘上，如此我们才可以同你道别。"埃曼纽尔在她后面高喊。

但是她没有扭头回望，十分迅速地回房内去了。

马夫挥舞着他的马鞭，接着马车跑动起来了。在马车刚离开花园门口时，"前进！前进"！希果丽传出响亮的声音。

穿过乡村小道，邻居们也都摇手道别："别了，旅途愉快！"当中某些人，由于瞧见这漂亮的马车还有这衣着考究的车夫，忍不住满怀敬意地脱掉礼帽。

马车奔驰在大道上，埃曼纽尔赶紧吩咐道："孩子们，赶紧将口袋中的手帕取出来！"

那小土丘坐落在后院的角落上，他们发现汉姗正等候在那里，于是全都卖力向她努力挥手。她为何没有朝我们挥手示意呢？埃曼纽尔暗自揣度。"告别吧，孩子们，告别！"他朝孩子们吩咐道，双眼中却装满了泪珠。

可是小山丘上的汉姗没有任何的示意。他们的"后会有期"最终未能得到反馈。

汉姗就如同一尊石像一样站在那小山丘上，直到马车模糊的影子都看不到了，她才不动声色地离开小山丘。她突然觉得有一种昏天暗地的感觉围绕在她周身，她沉沉地摔倒在那由小山丘连接到后院的木质台阶上。时钟持续准确地走过了一个又一个小时，汉姗最终跌靠在那台阶上，她用双手捂住自己的面容，此时晚风从她上方的树枝间呜呜地吹过。

太阳西垂，她站起来朝房内走去。这晚她得在父母家中住，她决定好好休息，走到在青春年少时她习惯休息的那间房子里。次日，安妮的先生会用船来载上她，把她带到她今后生活的家中。

她在空旷的睡房里整理出一只衣服箱子，前往马厩跟赛仁告别，如今他已经成为这儿仅剩的主人了，紧接着她走出了这座牧师公馆。

附录一　彭托皮丹年表

1857年　7月24日出生于丹麦的一个牧师家庭。

1863年　搬迁到仁德斯镇。

1864年　德国与奥地利占领仁德斯镇，彭托皮丹亲身经历了
　　　　那段苦难的历史。

1877年　来到哥本哈根技术大学学习，攻修工程师学位，因
　　　　为想成为一个作家而放弃学业，云游瑞士，回到家
　　　　乡丹麦后，在一所希勒绿乡的高中做科学老师。

1881年　和一位农家的女儿成婚，并正式开始写作，出版小
　　　　说《剪掉的翅膀》。

1884年　带着妻子和两个孩子定居奥斯比。

1887年　迁居到哥本哈根，开始为《政治家》杂志写文章，
　　　　其时第一任妻子离去，几年后正式宣告离婚。

1890年　出版小说《云》。

$\frac{1891}{1895}$年　出版长篇小说《天国》三部曲。

1892 年　再次娶妻，出版英文版《天国》的第一部。

1894 年　出版小说《守夜》。

1896 年　出版英文版的《天国》。

$\dfrac{1898}{1904}$ 年　出版长篇小说《幸运的彼尔》，原书被分成八个部分出版。

1905 年　重新修订《幸运的彼尔》，将全书分成三部。

$\dfrac{1912}{1916}$ 年　出版长篇小说《死人的王国》。

1917 年　凭借《天国》获得诺贝尔文学奖。

1927 年　出版最后一本小说《男人的天堂》。

1932 年　开始撰写回忆录。

$\dfrac{1933}{1943}$ 年　将回忆录分成五部分出版。

1943 年　8 月 21 日在丹麦的哥本哈根逝世。

附录二 诺贝尔文学奖大系书目

1901 年　　苏利·普吕多姆（法国）　　《孤独与沉思》

1902 年　　特奥多尔·蒙森（德国）　　《罗马史》

1903 年　　比昂斯滕·比昂松（挪威）　　《挑战的手套》

1904 年　　何塞·埃切加赖（西班牙）　　《伟大的牵线人》

1904 年　　弗雷德里克·米斯特拉尔（法国）　　《米赫尔》

1905 年　　亨利克·显克微支（波兰）　　《你往何处去》

1906 年　　乔苏埃·卡尔杜齐（意大利）　　《青春的诗》

1907 年　　拉迪亚德·吉卜林（英国）　　《丛林故事》

1908 年　　鲁道夫·奥伊肯（德国）　　《人生的意义与价值》

1909 年　　拉格洛夫（瑞典）　　《尼尔斯骑鹅旅行记》

1910 年　　保尔·海泽（德国）　　《骄傲的姑娘》

1911 年　　梅特林克（比利时）　　《青鸟》

1912 年　　霍普特曼（德国）　　《织工》

1913 年　　泰戈尔（印度）　　《新月集·飞鸟集》

1915 年　　罗曼·罗兰（法国）　　《约翰·克利斯朵夫》

1916 年　　海顿斯坦姆（瑞典）　　《查理国王的人马》

1917 年　　彭托皮丹（丹麦）　　《天国》

1917 年　　耶勒鲁普（丹麦）　　《明娜》

1919 年　　卡尔·施皮特勒（瑞士）　　《伊玛果》

1920 年　　汉姆生（挪威）　　《大地的成长》

1921 年　　法朗士（法国）　　《泰绮思》

1922 年　　贝纳文特（西班牙）　　《不该爱的女人》

1923 年　　叶芝（爱尔兰）　《当你老了》

1924 年　　莱蒙特（波兰）　《农夫》

1925 年　　萧伯纳（爱尔兰）　《圣女贞德》

1926 年　　黛莱达（意大利）　《邪恶之路》

1927 年　　亨利·柏格森（法国）　《创造进化论》

1928 年　　温塞特（挪威）　《新娘·女主人·十字架》

1929 年　　托马斯·曼（德国）　《布登勃洛克一家》

1930 年　　辛克莱·刘易斯（美国）　《巴比特》

1931 年　　埃里克·卡尔费尔德（瑞典）　《荒原与爱情》

1932 年　　约翰·高尔斯华绥（英国）　《福尔赛世家》

1933 年　　伊凡·亚历克塞维奇·蒲宁（俄罗斯）　《阿尔谢尼耶夫的一生》

1934 年　　路易吉·皮兰德娄（意大利）　《六个寻找剧作家的角色》

1936 年　　尤金·奥尼尔（美国）　《进入黑夜的漫长旅程》

1937 年　　马丁·杜·加尔（法国）　《蒂博一家》

1944 年　　约翰内斯·延森（丹麦）　《希默兰的故事》

1945 年　　加夫列拉·米斯特拉尔（智利）　《葡萄压榨机》

1946 年　　赫尔曼·黑塞（瑞士）　《荒原狼》

1947 年　　安德烈·纪德（法国）　《窄门》

1949 年　　威廉·福克纳（美国）　《喧哗与骚动》

1954 年　　海明威（美国）　《永别了，武器》

1956 年　　希梅内斯（西班牙）　《小毛驴与我》

1957 年　　加缪（法国）　《局外人》

1958 年　　帕斯捷尔纳克（苏联）　《日瓦戈医生》